Saith Oes Efa

Cyflwynedig i Pod
fy nghwmni, fy nghyfaill gorau,
fy nghariad, fy nghwbl,
am fy ngwneud yn ferch, yn fenyw
ac yn fam freintiedig dros ben

Saith Oes Efa

Lleucu Roberts

Diolch o galon i Nia, Alun a Meleri yn y Lolfa

Argraffiad cyntaf: 2014
Ail argraffiad: 2014
© Hawlfraint Lleucu Roberts a'r Lolfa Cyf., 2014

Cynllun y clawr: Sion Ilar

Rhif Llyfr Rhyngwladol: 978 1 78461 002 9

Dymuna'r cyhoeddwyr gydnabod cymorth ariannol
Cyngor Llyfrau Cymru

Dymuna'r awdur ddiolch i Lenyddiaeth Cymru
am eu cefnogaeth ariannol

Cyhoeddwyd ac argraffwyd yng Nghymru ar ran
Llys Eisteddfod Genedlaethol Cymru gan
Y Lolfa Cyf., Talybont, Ceredigion SY24 5HE
e-bost ylolfa@ylolfa.com
gwefan www.ylolfa.com
ffôn 01970 832 304
ffacs 01970 832 782

Saith Oes Efa

Dad Fi

GWYDDE! 'Ta chwadods? Yn hedfan fatha saeth, fatha gwaywffon heb 'i chwmffon. (Hefo gwaywffon oedd dynion Oesycerrig yn hela, edodd Miss Pugh. Siŵr bod nhw'n lladd 'i gilydd efo nhw hefyd.)

Ma Miss Pugh yn deud pob mathe o straeon wrthon ni hefyd, ond wbeth yn debyg ydi pob un. Rwun yn teithio ffordd hir, bell i rwle a ffordd hir, bell 'nôl, ac yn casglu pethe ar y ffordd neu'n cael pethe i neud – dair gwaith bob tro. Wedyn ma'n nhw'n dod 'nôl adre wedi dysgu rwbeth. Gwers y stori ma Miss Pugh yn 'i alw fo. Dwi'n cofio'r straeon, ond byth yn cofio'r gwersi.

Ma'n nhw'n sbio lawr arna fi, y gwydde. Be ma'n nhw'n weld o fyny'n bell? Fi'n sbio fyny yn meddwl be ma'n nhw'n weld, ma siŵr, sef fi'n sbio fyny yn meddwl be ma'n nhw'n weld, sef… Am byth. Yn dragywydd, fatha ma Miss Pugh yn ddeud am 'o hyd'.

Ond na, ma'n nhw'n symud yn 'u blaene i weld rwun arall yn sbio fyny yn meddwl be ma'n nhw'n weld.

Bechod.

Dydi Dad fi ddim yn byw hefo ni rŵan. Oedd o'n arfer neud, a wedyn aru fo stopio. Jest fel'ne, a deud y gwir. Un dwrnod roedd o hefo ni a'r dwrnod nesa – doedd o ddim. Edodd o ddim gair cyn mynd – wbeth fase'n egluro pethe – dim ond mynd. Dene sy'n rhyfedd. Bod o wedi mynd heb ddeud fawr ddim byd wrtha fi.

'Jest piciad i car,' fase fo'n arfer deud. 'Jest piciad i siop i nôl rwbeth.' Neu: 'Jest piciad i'r gwaith.' 'Jest piciad i'r dre.'

'Wrach bod o heb 'i ddeud o am bod o'n gwbod na ddim jest piciad oedd o tro yma.

Ond 'wrach ddim chwaith. 'Dwi jest yn piciad i Ffrainc, fydda i 'nôl dy' Sadwrn nesa, a' i â chdi i Chester races, sut ma hynna'n sowndio, Biwt?' Dene edodd o llynedd, a mynd am dros wsnos.

Biwt mae o'n 'y ngalw i. O 'biwtiffwl', dwi'n meddwl, er 'di o erioed 'di deud na dene ydi o.

Mynd i Ffrainc hefo'i waith oedd o, achos athro 'di Dad, athro ysgol fawr, a weithie ma tripie ysgol fawr yn mynd yn bell, i lefydd fatha Ffrainc. Aru o ddod â doli fach mewn gwisg Ffrainc 'nôl i fi, a dwi'n siarad lot efo hi, ond byth yn tynnu'i dillad hi. Fase tynnu'i dillad hi'n 'i sboilio hi achos 'i dillad hi ydi hi mewn ffordd. Ffrainc dwi'n galw hi. Dwi'n edrych arni hi a gweld y bobol oedd yn Ffrainc pan aru Dad fynd yno efo'r ysgol. Pawb yn gwisgo hetie uchel, crwn a sgertie mawr fatha bwnsied blode tin dros ben. Siŵr bod nhw'n chwysu.

Gawson ni ddwrnod lyfli yn Gaer wrth ymyl *Chester races*, ac yn *Chester races*, Dad a Mam a Rhodri Wyn a fi. Sgenna i ddim ofn ceffyle ac oeddan nhw'n ddigon pell, mond gweld 'u cwmffonne nhw'n chwifio wrth bo nhw'n rhedeg. Y jocis yn hedfan uwch 'u penne nhw wedyn, a'n gafel yn y *reins* rhag iddyn nhw ddisgyn ffwr. 'Dyden nhw byth yn disgyn,' edodd Dad pan edish i 'Beth os 'den nhw'n disgyn?' A nath 'ne'r un chwaith.

Ma Dad yn gwbod pethe, dene pam, mae o 'di bod yn *Chester races* o'r blaen. Gawson ni fynd allan heibio'r padocs wedyn, lle ma'r ceffyle'n mynd ar ôl rasio, a doedd gynna i'm ofn yn fanno chwaith, achos oedd Dad yn gafel yn dynn yn 'yn llaw i.

Oedd *Chester races* bell yn ôl, yn ymyl Gaer. Fuis i a Mam a Rhodri Wyn yn Gaer unwaith wedyn hefyd, a Mam yn crio, ond ddim i *Chester races*. Bethan, chwaer Mam, a'th â ni yno yn y car, a gadel Rhodri Wyn a Mam rwle cyn mynd â fi 'nôl adre i'w thŷ hi yn bell o'r afon. Oedd nene jest ar ôl i Dad fynd, pan a'th o heb ddeud na jest piciad oedd o. Ddoth Mam yn ôl i tŷ Bethan yn cario rw bapur yn deud wbeth a'i llyged hi'n goch, a roth Rhodri Wyn ei fraich rownd fi am yr unig dro erioed, ac oedd o'n deimlad rhyfedd, yn union fatha tase fo'n trio bod yn Dad. Ond doedd hi'm yn teimlo fatha braich Dad.

'Fydd o'm yn dod 'nôl,' edodd Mam wrtha fi rownd radeg honno pan oedd hi'n siarad lot hefo fi, yn drist, amser gwely fel arfer. Fase hi'n siarad a siarad ond do'n i'm yn gwrando ar lawer o be oedd hi'n ddeud.

Yn un peth, ma hi 'di neud coblyn o fustêc, achos ma Dad wedi dod yn ôl sawl, sawl tro ers hynny. Dwi 'di trio deud wrthi ond ma hi'n cau clywed, neu'n cau dallt, felly dwi 'di penderfynu peidio deud wrthi ddim mwy. Geith hi fod yn gyfrinach Dad a fi. 'Sh, paid â deud wrth Mam,' fase Dad yn arfer deud wrth roi *wine gums* i fi gnoi yn gwely. 'Cyfrinach ti a fi.'

A rŵan, ma gynno fo a fi gyfrinach arall.

Piciad yn ôl ata i fydd o. Bob rŵan ac yn y man i ddechra, ond dwi'n 'i weld o'n amlach dyddie hyn. Dwi'n meddwl ambell waith 'i fod o'n unig. A dwi'n meddwl ambell waith arall bod o byth yn 'y ngadel i.

Athro Daearyddiaeth 'di Dad. Mae o'n gwbod lle ma bob man yn y byd, ac yn medru deud be ydi prifddinas pob gwlad, hyd yn oed Uzbekistan, ac oedd o'n arfer dysgu nhw i fi. 'Mauritius?' fase fo'n gofyn. 'Port Lowis,' faswn i'n ateb ar ôl sbio ar y map yn 'yn llofft i, a fase fo'n deud yr enw'n iawn wedyn, a finne'n 'i ddynwared o. 'Lesotho?' wedyn. 'Maseru,' faswn i'n darllen ar y map, heb gael 'y nghywiro'r tro hwn. A 'Tanzania?' fase fo'n holi i orffen bob tro, bron. 'Dodoma,' faswn i'n ateb heb sbio, am bo fi'n gwbod hwnnw. 'Dod-o-'ma!' fase'r ddau 'na ni'n chwerthin. Am enw ar le!

Mae o'n cerdded lot hefyd, ac yn dringo mynyddoedd. Oedd o'n arfer neud lot mwy, edodd Mam, cyn i Rhodri Wyn a fi gael ein geni, ac ma gynnon ni lun ohono fo ar ben y piano ar ben y Matterhorn yn y Swistir.

Welis i fo heddiw, wrth siopa hefo Bethan yn Wrecsam. Raid na fo oedd o achos oedd o'n sefyll reit o flaen yr ysgol lle roedd o'n arfer gweithio, a'i gefn wedi hanner troi rowrthon ni, wrth i ni basio yn y car.

Wela i fwy ohono fo flwyddyn nesa a finne'n cychwyn yn ysgol fawr Morgan Llwyd lle mae o'n gweithio. Aru fi ddim sôn wrth Bethan, er bod 'y ngheg i 'di agor i neud. Ma Bethan yn rhy agos at Mam a pan welis i Dad y tro cynta ar ôl iddo fo fynd, edish i wrth Mam, do, fatha fasech chi'n disgwyl i mi neud.

Fel hyn oedd hi.

Doedd o'm 'di gadel ers amser, dim ond mymryn bach, ond oedd o'n teimlo fathag amser hir, a Mam ddim yn 'i phethe, yn siarad efo fi weithie, siarad fatha pwll y môr, a finne'n cau 'nghlustie achos to'n i'm yn licio'i gweld hi fathag oedd hi, yn wyllt rwsut, yn drist ac yn rhyfedd.

A'r adeg honno rwbryd, dyma Rhodri Wyn yn mynd â fi ar y bỳs i dre 'i Mam ga'l llonydd'. Ar y bỳs o'n i, efo Rhodri Wyn yn y sedd gefn, pan sylwes i ar gefn rhwun yn iste tu ôl i lle ma'r gyrrwr yn iste.

Gwallt cyrliog du, gwallt Dad.

Côt law las golau, côt Dad.

Ac mi drodd 'i ben y mymryn lleia i sbio ar rwbeth drwy'r ffenest. Clust Dad, boch Dad, hefo'r mymryn lleia o farf, fatha mae o ar benwsnose pan 'di o'm yn goro siafio.

Wedyn, wrth i fi lyncu be oedd 'yn llyged i'n deud wrtha fi, dyma'r bỳs yn stopio mewn bỳs stop, ac mi gerddodd Dad allan.

Oedd 'na bobol erill yn 'i ddilyn o allan o'r bỳs llawn, felly aru fi ddim llwyddo i weld 'i wyneb o wrth iddo fo fynd, ond mi ddaru fi godi ar 'y nhraed a rhwbio'r ffenest wrth i'r bỳs dynnu allan yn 'i ôl i ganol y ceir. Mi rwbies i'r ager o 'rar y ffenest ôl a sbio drwy'r diferion glaw.

'Be ti'n neud?' holodd Rhodri Wyn yn siarp.

'Welis i fo!' edish i, ond oedd un edrychiad ar wyneb 'ar gau' Rhodri Wyn yn ddigon i neud i fi gnoi 'nhafod.

'Pwy?' Cyfarth aru o, ddim gofyn. Fatha tase fo'n gwbod.

'Rwun,' edish i ac iste 'nôl wrth i Wrecsam lyncu Dad o 'ngafel i.

Edish i ddim wrth Mam yn syth. Oedd rwbeth yng ngwyneb Rhodri Wyn ar y bỳs yn deud wrtha i am beidio.

Rw gwpwl o ddwrnode wedyn, ddois i mewn o'r ysgol a gweld Mam yn iste â'i phen yn 'i dulo wrth fwrdd y gegin. Ddaru hi godi'i llyged mewn syndod pan glywodd hi fi, fatha taswn i'm i fod i gyrraedd adre o'r ysgol am hanner awr wedi tri fathag o'n i arfer neud. Mi fase'n hanner awr arall ar Rhodri Wyn yn dod adre o'r ysgol fawr.

Unwaith gwelis i 'i llyged hi'n goch, o'n i'n gwbod 'i bod hi 'di bod yn crio. Ac yn tŷ ni, dros yr amser hwnnw i gyd, dim ond y ffaith bod Dad wedi'n gadel ni oedd yn neud i Mam grio, felly ddaru fi benderfynu deud wrthi, er mwyn iddi gael teimlo'n well.

'Welis i fo,' edish i wrthi ar ôl rhoi 'mraich amdani. Doedd 'i sgwydde hi'm yn ffitio'n iawn ond aru fi ddim tynnu 'mraich yn ôl.

'Welist ti be?' holodd Mam heb rw lawer o ddiddordeb.

'Dad,' edish i.

Symudodd hi ddim am rai eiliade ond o'n i'n teimlo'i chyhyre hi'n cloi o dan 'y mraich i.

Wedyn, oedd hi ar ei thraed, a'r gader yn ysgwyd wrth iddi godi mor sydyn. Mi afaelodd hi yn 'yn siwmper ysgol i mor dynn nes neud i fi ofni base hi'n colli'i siâp, rwbeth oedd Mam bob amser yn 'y nwrdio i amdano fo, a dyma hi'n bygwth neud hynny'i hun.

'Stopia!' gwaeddodd arna i. 'Paid â deud pethe fel'ne!'

O'n i 'di dychryn, ga i fentro deud. 'I chysuro hi o'n i 'di meddwl neud, ond doedd hi'n amlwg ddim isio clywed. Ddim isio gwbod am Dad, ddim isio fo 'nôl, ddim isio dim i neud efo fo. Aru fi ddifaru deud gair, a dene pryd aru fi sylweddoli na cyfrinach rhwng Dad a fi oedd hi, a to'n i'm i fod i ddeud wrth neb 'mod i 'di'i weld o.

'Sori,' edish i'n ddistaw bach fatha llygoden. A ddaru Mam dynnu fi i'w breichie a dechra nadu eto. Oedd hi'n rhwbio 'ngwallt i a'n deud pethe annwyl wrtha i, ond ''y nghariad i' oedd hi'n 'y ngalw i, ddim 'Biwt' fatha Dad, a faswn i 'di rhoi'r byd am gael Dad yno i roi'i freichie amdana i ac i rwbio 'ngwallt i a 'ngalw i'n Biwt.

'Ddaw Dad ddim yn ôl, ti'n gwbod hynny, dwyt?' edodd Mam ar 'yn ysgwydd i. Aru fi nodio 'mhen, er mwyn iddi deimlo'n well. Doedd hi'n amlwg ddim isio dallt. 'Mae o 'di mynd am byth, 'y nghariad i.'

Aru fi nodio eto, yn barod rŵan iddi dynnu'n ôl a 'ngollwng i.

Os na dene ma hi isio'i goelio, aru fi feddwl, dene geith hi goelio. Ma rhai pobol isio coelio'r gwaetha bob amser. Ma Lili Haf yn yr ysgol wastad yn deud fod cymeriade sôps 'di cael 'u mwrdro a nhwthe'n fyw ac yn iach a 'di symud i Ostrelia.

Y tro nesa aru fi weld o oedd ar ôl cyngerdd Dolig yr ysgol, andros o lot wedyn. O'n i 'di dechra ame 'wrach bod Mam yn iawn wedi'r cwbwl, a 'di dechra dod i arfer â'n bywyd newydd ni heb Dad.

Dwi fawr o un am ganu, ond aru Miss Pugh ddewis fi i'r côr, a fwy na hynny, ges i ganu dwy linell o'r gân ar 'y mhen 'yn hun. 'Dwy law yn erfyn' oedd hi a Mam wrth 'i bodd am bod hi 'di chanu hi'n blentyn bach ac yn falch ofnadwy 'mod i'n cael canu ar ben 'yn hun. Mi fase Bethan a Rhodri Wyn yn y cyngerdd, a bobol bach, o'n i'n nyrfys. O'n i'n medru gweld y dwrnod yn nesu o bell, ac erbyn i'r côr ddod ar y llwyfan am y tro cynta, oedd 'y nghoese i'n crynu fatha dwy ddeilen ofnadwy o nerfus oddi tana i nes neud i fi ofni 'swn i'n disgyn yn fflat ar lawr.

Yn yr ail ran oedd 'Dwy law yn erfyn', felly aru fi gael digon o amser i fynd yn fwy a mwy nerfus dros y caneuon erill.

Wedyn, oedd 'y mhennill i 'di cyrraedd, toedd:

'Pan af i gysgu, mae'r ddwy law hynny,
Wrth ymyl fy ngwely i.'

A chyn bod y geirie cynta allan o 'ngheg i, o'n i 'di weld o – 'i wyneb o tro hwn – yn gwenu arna i o res bella un y gynulleidfa yn y neuadd, reit o dan gardie tywydd Miss Pugh (Mae hi'n braf, Mae hi'n bwrw glaw, Mae hi'n stormus) a'r gole sbot tu ôl iddo fymryn i'r dde o'i ysgwydd chwith yn taflu gole fatha niwl aur drosto fo, oedd yn neud hi'n anodd edrych yn iawn arno fo.

Aru fi ganu'r ddwy linell yn swynol fatha deryn du, a gwenodd Dad yn llydan fatha giât. Fymryn i'r chwith o ysgwydd dde Dad oedd Miss Pugh wedi gosod cardie 'Cyffelybiaethau' ar y wal, sy'n swnio fatha 'ceffyl' a nath hynny fi gofio am Chester races. Mi wenis i 'nôl ar Dad, a'r nyrfs i gyd 'di diflannu.

Mi glapiodd pawb yn y neuadd ar ôl i'r gân ddod i ben, a ddaru fi sylwi ar Mam yn sychu deigryn ond yn gwenu'n hapus braf hefyd.

Trodd y côr i sefyll ar ymyl y llwyfan tra bod y plant meithrin yn actio Mair a Joseff, a ddaru fi sbio eto am Dad, gan feddwl mynd ato fo'n syth ar ôl i bawb ganu 'O deuwch, ffyddloniaid' i gael mynd adre.

Ond oedd y gole sbot yn 'y nallu i rhag medru 'i weld o rŵan. Dim ond ffurfie yn y twllwch oedd y rhan ene o'r gynulleidfa oedd yn iste yn y rhesi ola un. Mi weddïes i'n ddistaw bach, gan feddwl am ddwy law yn erfyn, na fase Dad yn diflannu heb i fi weld o ar ddiwedd y cyngerdd.

Aru fi lamu odd ar y llwyfan ar ôl 'Gri-ist o'r nef', er bod Miss Pugh 'di'n siarsio ni i gerdded allan i'r cefn yn drefnus. Ond fedrwn i'm mentro'i golli fo. Mi wthies i'n ffordd heibio i'r tade a'r mame oedd yn codi i fynd yn y rhesi blaen, a heibio i Mam a Bethan a Rhodri Wyn yn galw ar 'yn ôl i'n methu dallt lle o'n i'n mynd ar y fath frys. 'Sori,' edish i wrth sefyll ar droed rwun, a gwasgu bol rw dad diarth oedd yn gwgu fatha – wel, be bynnag ydi gwrthwyneb giât am wn i, ond oedd o'n ddigon blin yr olwg, ddeda i hynna.

Doedd 'ne'm disgwyl iddyn nhw wbod 'mod i'n trio dal Dad cyn iddo fo fynd.

Wedyn, o'n i 'di cyrraedd y drws, a dim ond llond dwrn oedd 'di gadel.

A welis i fo, yn diflannu rownd y tro at y ceir. Ochor 'i wyneb o, a'i fraich o, a chefn 'i goes o. Mi redis o'r neuadd ar 'i ôl o, a chyrraedd y gongl.

Dim golwg ohono fo. Oedd dau neu dri o dade 'di mynd i mewn i'w ceir, ond ddim fo oedd 'run o'r rheiny.

Unwaith eto, oedd o 'di diflannu.

'Be *wyt* ti'n neud fan hyn?'

Gafaelodd llaw fawr drwchus Mistyr Davies y Prifathro yn 'y ngwar i. ''Nôl i mewn nes bod dy fam yn dy gasglu di. Ar unwaith,' gorchmynnodd, ond heb fod mor gas â baswn i 'di ofni chwaith, fatha oedd o 'di bod wrtha i ers i Dad adel: 'i eirie fo'n deud un peth, a'i lais o'n deud rwbeth arall.

Es yn ôl at Mam a Bethan a Rhodri Wyn yn llawn siom.

Aru fi ddim sôn gair wrthyn nhw tro hwnnw.

$\backsim$

Dwi 'di weld o droeon wedyn, a finne yn ysgol fawr yn dre rŵan. Ma Rhodri Wyn yn y coleg yn Aberystwyth – a Mam yn nadu am bod hi'n gweld 'i golli fo rŵan, a ddim am bod hi'n gweld colli Dad. Dwi'n cael rhyddid i fynd ar y bỳs i'r dre – heb Rhodri Wyn: hwrê! – ar 'y mhen 'yn hun, neu efo'n ffrindie, Lili a Kate, ac ma hynny'n golygu bo fi'n gweld Dad yn llawer amlach.

Cuddiad yng nghanol pobol mae o wastad. Ar fysys llawn – y rhai dwi arnyn nhw, lawr yn y pen arall, a llwyth o bobol rhyngthan ni, neu'n sbio allan o ffenest bỳs sy'n pasio pan dwi'n cerdded ar hyd y stryd. Neu mewn torf o bobol yn siopa, byth o fewn cyrraedd, ac erbyn i fi gyrraedd lle mae o, mae o 'di diflannu i ganol torf arall o siopwyr Wrecsam.

Unwaith, aru fi weld o yn yr ysgol fawr, o flaen y stafell Ddaearyddiaeth, a'i gefn tuag ata i ar ben coridor yn llawn o blant. Ond erbyn i fi gyrraedd y stafell Ddaearyddiaeth, oedd o 'di diflannu, a dim ond Wil Wirion (Mr Williams Daearyddiaeth) oedd yno, yr athro gawson nhw yn lle Dad, a dydi o'm byd tebyg i Dad.

Aru hynna neud i fi feddwl. Oedd hi'n berffaith amlwg 'i fod o'n cuddiad, a bod o'm isio i fi siarad efo fo, dim ond gwbod 'i fod o'n cadw llygad arna i. Rhaid 'i fod o 'di mynd i gythgam o ymdrech i beidio cael 'i ddal, i ddiflannu cyn i fi gyrraedd y stafell Ddaearyddiaeth. Pam oedd o'n cuddiad? Pam oedd o'n mynd i'r fath drafferth i rw fath o gael 'i weld a rw fath o guddiad?

Wedyn, yn syth wedyn, yn yr un wers Ddaearyddiaeth, oedd Wil Wirion wedi dechra sôn am fynyddoedd Eryri ac am yr Wyddfa. Aru o ddim deud dim byd am Grib Goch, ond o'n i'n gwbod na rhan o'r Wyddfa oedd o, darn anodd a pheryglus i ddringwyr. Ro'n i'n disgwyl a disgwyl iddo fo ddeud rwbeth am Grib Goch, a ddim isio fo neud chwaith. Pan oedd o'n siarad, o'n i'n teimlo'n hun yn mynd yn boethach, a dwi'n siŵr fod 'y ngwyneb i'n goch.

Doedd Wil Wirion yn amlwg ddim yn gwbod na dene oedd

hoff le dringo Dad, ond ma raid bod Lili a Kate wedi clywed, a nhwthe efo fi yn yr ysgol fach pan aru Dad ddiflannu. O'n i ofn bod rhai o'r plant erill yn y dosbarth yn gwbod hefyd – 'di clywed gan Lili a Kate, 'wrach – ac ar fin goleuo Wil Wirion, deud wrtho na'n fanno disgynnodd Dad, ar yr Wyddfa, ar Grib Goch, a fynte wedi dringo'r Matterhorn heb gael sgratsh.

O'n i'n begio ar Wil Wirion yn 'y mhen i stopio sôn am fynyddoedd ac Eryri a'r Wyddfa, yn ysu iddo droi at lynnoedd a threfi a siroedd a phethe fflat felly, ond cario'n 'i flaen i sôn am fynyddoedd nath o tan ddiwedd y wers, gan neud i ni gopïo graff o bedwar mynydd ar ddeg ucha Cymru yn 'yn llyfre nes bod cledre 'nulo i'n chwysu gormod i mi fedru dal 'y mhensil yn iawn. O'n i'n dal i ddisgwyl i un o'r plant dynnu sylw ata i, a'n neud i'n wahanol o flaen pawb, a ddaru fi ddim mentro anadlu'n rhydd tan ar ôl i'r gloch ganu i'n rhyddhau ni o'r wers.

Mi nath hi'n diwedd. Canu, 'lly. A ddaru ni fynd i Saesneg, heb i Lili a Kate sôn gair am Eryri a'r Wyddfa a Dad, a rhaid bo nhw 'di anghofio wedi'r cwbwl.

Dad oedd yn 'y ngwarchod i rwsut, yn 'y nghadw i'n saff rhag 'u cydymdeimlad nhw, rhag 'u sylw nhw.

Ond 'wrach bod hynny ddim yn wir chwaith. Dydw i erioed 'di coelio mewn ysbrydion, dim ond mewn bobol byw, ac er bod o'm isio i neb ond fi wbod, ma Dad yn fyw.

Y dwrnod ddoth Alex i'r tŷ efo Mam, o'n i'n gwbod 'swn i'n gweld Dad yn reit fuan. Felly mae o, yn dod i'r golwg pan ma pethe'n digwydd, yn union fatha tase fo isio i fi wbod 'i fod o yma o hyd, fatha cân Dafydd Iwan, er gwaetha bob mathe o bethe.

Ma Alex wedi bod yn tŷ ni o'r blaen sawl, sawl tro. Ffrind Dad oedd o wedi'r cwbwl, ac roedd o'n grêt fatha ffrind i Dad. Fuodd

o'n werth y byd i Mam hefyd ar ôl i Dad fynd, fatha bydde Mam
a Bethan yn deud o hyd. Hen foi iawn ydi o, er nad ydi o'n siarad
Cymraeg. Mae o'n dod â *wine gums* i fi, a phedwar can o lagyr
i Rhodri Wyn, bron bob tro fydd o'n galw heibio, a rhaid na
Dad sy'n deud wrtho fo ddod â *wine gums*, achos Dad oedd yn
gwbod cymint dwi'n licio *wine gums*.

Ond y dwrnod ddoth o i'r tŷ efo Mam ac iste wrth 'i hymyl
hi ar y soffa, jest fel'ne, heb feddwl am y peth, o'n i'n gwbod heb
iddyn nhw dwtsied bod rwbeth 'di newid. Aru o afel yn y *remote*
gan alw 'Haia' drwadd arna i i'r gegin sy'n sownd wrth y parlwr,
ac o'n i'n gwbod.

A dechreuodd Alex droi'n rhwbeth gwahanol i fi wedyn.

Aru fi ddechra meddwl 'nôl i cyn i Dad fynd a thrio cofio
sut oedd Alex wedi bod efo Mam, a fedrwn i'm help, ond aru
fi ddechra meddwl 'wrach na ddim ffrind i Dad oedd o wedi'r
cwbwl, ond ffrind i Mam, a rŵan oedd o'n cael cyfle i fod yn
rhwbeth mwy na ffrind iddi.

Edish i'm byd, dim ond deud bo fi'n mynd allan i weld Lili a
Kate lawr y ffordd a'u gadel nhw i wylio *Pointless* cyn y niws a'r
niws a bob dim arall efo'i gilydd ar y soffa.

Ond doedd gynna i'm bwriad o fynd i chwilio am Lili na
Kate, wrth gwrs. Mynd i chwilio am Dad 'nes i, i drio'i gael o i
witiad am un eiliad yn 'y nghwmni i, i roi'r gore i guddiad a dod
'nôl adre, er mwyn i Mam – ac Alex – gael gweld 'i fod o'n dal yn
fyw, a bod dim byd erioed 'di newid. O'n i'n ysu iddo fo witiad,
a siarad efo fi, iddo fo ddod adre, yn ysu iddo ddod 'nôl yn fyw
yn lle esgus marw am rw reswm.

Aru fi gerdded lawr at y bỳs stop, gan fwriadu mynd i mewn
i Wrecsam i ganol pobol, lle roedd Dad yn licio bod ers iddo
fo'n gadel ni. Wrth i fi sbio ar yr amserlen, mi stopiodd 'ne fỳs
a ddaru fi neidio i mewn iddo fo cyn cofio na dim ond newid
arian cinio oedd gen i yn 'y mhoced.

'Ninety-five pence,' edodd y dyn oedd yn gyrru'r bỳs.

Mi gleddis i 'nulo yng ngwaelod 'y mhoced a thynnu un darn pum deg ceiniog a darn ugian ceiniog allan i'r ddysgl, a rhoi'n llaw 'nôl yn 'y mhoced fatha taswn i'n chwilio am fwy a finne'n gwbod yn iawn nad oedd chwaneg gen i.

Oedd dynes yn witiad tu ôl i fi erbyn hynny, yn disgwyl i gael talu 'i hun. O'n i'n 'i theimlo hi'n tytian yn 'y nghefn i.

'Gw on,' edodd gyrrwr y bỳs wrtha i a hanner amneidio arna i i fynd i mewn. Es i cyn iddo fo newid 'i feddwl.

Wrth i'r bỳs yrru i mewn i Wrecsam ar hyd Ruthin Road, dim ond chydig o bobol oedd i weld yn cerdded ar hyd y pafin. Lle fase fo'n cuddiad? Lle fase 'ne ddigon o bobol iddo fo fedru 'ngweld i a dianc o'r golwg 'run pryd?

Des i 'rar y bỳs wrth y ganolfan siopa a mynd i mewn. Dim ond mymryn bach o siopwyr oedd ar ôl. Aru fi drio meddwl lle fase fo. Y stryd fawr? Y ganolfan hamdden? Tafarn?

Oedd Dad arfer licio llymed ambell dro efo'i ffrindie dringo, a Mam yn filen weithie os oedd o'n cyrraedd adre'n hwyr. 'Wrach base tafarn lawn yn lle da i chwilio. Faint o'r gloch oedd hi? Oedd bobol yn mynd i dafarne cyn amser swper?

Aru fi weld dau neu dri o ddynion yn dod allan o dafarn ym mhen draw'r ffordd yr ochor arall i'r stryd o'r ganolfan siopa, a meddwl am eiliad na Dad oedd un ohonan nhw.

Ond doedd o ddim byd tebyg i Dad pan droiodd o rownd. Dod allan am smôc oedd y dyn, efo'i ffrind, ac ma Dad yn casáu smocio. Fydde fo'n deud wrth Mam pan fase hi 'di bod allan efo'i ffrindie 'i bod hi'n drewi fatha *gasworks*.

Ond es i draw atyn nhw er hynny, a tharo 'mhen rownd ymyl y drws heb boeni fod y ddau smociwr yn edrych arna i'n neud.

Oedd gyn y dafarn dair neu bedair o ranne, fatha stafelloedd bach, a chydig bach o bobol, dynion fwya, ym mhob un. Aru fi fentro chydig o game i mewn a sbio ar bob un wyneb.

O'n i fymryn bach yn ofnus na faswn i'n 'i nabod o. Oedd 'ne dipyn o amser 'di pasio ers iddo fo adel, ac er bo fi'm isio cyfadde hynny, oedd 'i nabod o 'di mynd fymryn bach yn anoddach. Ers peth amser, o'n i 'di bod yn sbio ar 'i lun o, yr un sy gen i o dan 'y ngobennydd, yn amlach ac yn amlach rhag ofn 'mod i'n colli nabod arno fo, a'n gneud camgymeriad neu'n methu'i nabod o mewn tyrfa, a Ffrainc yn wincio lawr arna i o ben y silff fatha tase hi'n deud: "Ne fo, fyddi di'n nabod o tro nesa 'ŵan.'

Drwy'r bar, draw yn y gongl bella, oedd pedwar dyn yn iste, dau yn 'yn wynebu i a dau â'u cefne ata i. Oedd rwbeth yn gyfarwydd yng nghefn un ohonan nhw: fedrwn i'm tyngu na Dad oedd o, ond fedrwn i'm tyngu fel arall chwaith.

Yn anffodus, oedd rhaid i fi fynd rownd ochor y bar a drwadd i'r rhan lle oedd o'n iste efo'r lleill – 'run ohonan nhw'n gyfarwydd, ond 'wrach na ffrindie dringo oeddan nhw. Do'n i'm yn nabod ei ffrindie dringo fo.

Aru fi fentro drwy'r rhan gynta heb i neb sylwi a ddalis i i sbio drwy'r bar i mewn i'r rhan arall lle roedd y pedwar yn dal i iste.

Wedyn, oedd o'n codi. Brysia, feddylis i, mae o'n mynd eto. Aru fi lamu rownd ochor y bar a thrwy'r coridor i mewn i'r rhan lle roedd y pedwar.

Erbyn hynny – dau eiliad yn unig gymrodd hi – oedd y pedwar 'di troi'n dri a chefn Dad yn diflannu drwy ddrws arall. Saethis i ar 'i ôl o gan ofyn i'r tri:

'Where's he going?'

Mi sbiodd y tri arna i fatha mwncïod 'di colli'u tafode, a ddaru fi ddim gwitiad am ateb.

Es i drwy'r drws, ac ar hyd coridor arall oedd yn arwen at ddrws arall allan o'r dafarn.

Mi welis i 'i gefn o rai came o 'mlaen i. Gwitia, Dad, gwitia i fi gael deud wrthot ti am Alex! Gwitia i siarad efo fi, Dad!

Aru fi gyflymu a chyrraedd rw chwech o game tu ôl iddo fo.

Taswn i'n estyn 'yn llaw allan, bron na 'swn i'n 'i dwtsied o, ac ma'i ogle fo'n 'y nghyrraedd i wrth i fi gerdded yn ôl 'i droed o. Ma'i game fo ar y pafin yn drwm, ddim fatha tase 'ne hoelion yn 'i sgidie fo fatha dynion slawer dydd, ond sgidie trwm fatha'i sgidie dringo fo, yn union fatha'i sgidie dringo fo. Mi gama i'r un pryd â fo rhag iddo fo 'ngweld i, i fi gael aros yn 'i ogle fo am fymryn bach eto.

Ma'i law o wrth 'i ochor, yn swingio dwtsh, fathag oedd hi arfer neud, a finne'n arfer gafel ynddi iddo fo'n swingio i, a Mam yn gafel yn 'yn llaw arall i fatha taswn i byth yn mynd i adel fynd.

A gwaelod 'i wallt o'n cwffwr â choler 'i grys o, a fase Mam yn deud wrtho fo bod hi'n bryd iddo fo dorri fo yn lle bod plant yr ysgol yn meddwl na ieti oedd yn dysgu Daearyddiaeth iddyn nhw, a dyma fo'n estyn 'i freichie allan yn llydan braf fathag arth a rhedeg ar ôl Mam a fi a Rhodri Wyn nes 'yn bod ni'n tri'n sgrechian a chwerthin 'run pryd, fathag o'n i'n neud pan fydde Dad yn 'y ngoglis i.

Fedra i weld twtsh bach o faw ar waelod 'i siaced ledr ddu o a gwbod yn iawn daw o o'no efo 'un weip bach' fatha fase fo'n deud wrth Mam pan oedd honno'n filen efo fo am ddŵad â mwd Moel Fama a Moel Arthur a Moel Llys-y-coed 'nôl adre efo fo ar ôl bod yn cerdded.

A mae o'n cael rhyddid rŵan i wisgo jîns fatha mae o'n licio neud, er bod Mam yn deud bod o'n edrych fatha 'ageing hippy' mewn jîns, a finne'n gofyn 'Be 'di "ageing hippy", Dad?' a fynte'n ateb, 'Rwun sy'n meddwl nad eith o byth yn hen, Biwt', a dyma fo rŵan yn 'i jîns, yn dangos nad eith o byth yn hen.

'Dad!'

'You wha'?'

Trodd tuag ata i, a'i wyneb yn bawb, yn neb, yn rhwun 'blaw Dad. Wyneb diarth na fedrwn i 'i droi'n wyneb y dyn yn y llun o dan 'y ngobennydd. Oedd hwn yn hen, yn hyll, yn estron.

'You'se lost yer dad?' holodd ar ôl dallt be o'n i 'di alw fo.

Am beth gwirion i neud: galw 'Dad' ar rwun diarth. Ddoth o allan heb i fi feddwl.

'Yes,' edish i ar ôl eiliad.

'D'you want me to…?' dechreuodd y dyn ofyn, ond o'n i eisoes yn deud, 'No, it's alright,' a 'di dechra cerdded oddi wrtho fo.

⌒

Ar ôl y dwrnod hwnnw, mi welis i Dad ddwywaith neu dair: 'i goes, 'i fraich ym mhen arall y bỳs; 'i ysgwydd chwith o a hanner 'i foch o wrth gerdded efo Lili a Kate o'r pwll nofio; ochor 'i ben a chefn 'i goes o wrth giwio i fynd i mewn i'r sinema; 'i law dde fo ar fwlyn drws y stafell athrawon.

Ond mae o'n digwydd yn llai a llai amal dyddie yma.

Ma Alex yn dŵad acw at Mam yn amlach, ac mi siaradodd Mam efo fi ar ôl i fi 'u gweld nhw'n cusanu unwaith.

Deud nath hi 'i bod hi ac Alex 'di disgyn mewn cariad a na dyma fase Dad isio – iddi hi, i ni gyd fod yn hapus eto. Aru hi ofyn i fi faswn i'n medru dychmygu bod yn hapus efo Alex, fatha teulu bach unwaith eto – ddim rŵan 'wrach, ond rwbryd yn y dyfodol.

A wir, fedrwn i'm deud 'na' wrthi â'n llaw ar 'y nghalon. Fedrwn i'm deud 'medraf' chwaith, ond 'dychmygu' edodd hi, ac ydw, mi ydw i'n medru dychmygu.

Welis i wydde heddiw eto, yn hedfan fatha saeth i'w gwylie haf yn rhwle oerach.

Ond tro yma, aru fi ddim stopio i feddwl oeddan nhw'n 'y ngweld i'n sbio fyny arnyn nhw yn dychmygu be oeddan nhw'n weld, a nhwthe'n sbio lawr wrth ddychmygu be o'n i'n weld. Siŵr bod gan wydde bethe gwell i neud na dychmygu.

'Dwi'n mynd i ben Wyddfa, Biwt,' edodd Dad wrtha i y bore dy' Sadwrn hwnnw, gan roi sws ar 'y nhalcen i.

Tase fo ond wedi deud 'jest piciad'.

Setlo

O'DD MAMI'N DWEUD bod hi ffili gweld e, ond o'dd e'n gigantic yn y bathrwm.

Ploryn, 'na beth fydde Druid Welsh yn galw fe. Huge minging ploryn.

Un deg chwech blwyddyn yn arwain lan at un dwrnod – un peth, ac un crymi wythnos i sorto'r sodding sbot 'ma mas.

Dreiais i sgratsio fe mas 'da'n fysedd a halodd 'ny fe i widu. O'n i ishe marw.

Regional auditions *X Factor*. Fi wedi gweld nhw'n dod bob blwyddyn ers fi'n fach a nes nawr o'n i'n meddwl taw dim ond troi lan o'dd 'da fi. Tico bocsys. Odi Kim Ellis 'ma? Odi? Ocê, wa'th i bawb arall fynd gitre. 'Born with a mic in her mouth,' ma Dadi'n dweud. 'Meic Stevens,' dwi'n dweud i dynnu coes fe, ond ma Dadi'n edrych arno fi'n dwp reit. Ma Dadi'n darllen llawer, llyfrau am conspiracies a pethe deep fel 'na, ond so fe'n dyall Cymrâg.

Wythnos i fynd a ma 'da fi dam sbot ar 'yn feddwl, bitu hala fi'n ddwl.

Fi ffili 'elp, fel'yn fi wedi ca'l fy weiro. Fi'n mynd i fod yn seren, a fi ffili weito!

∽

Naf i symud Mami a Dadi mas o'r tip two-up, two-down 'ma, fewn i mansion fel sda nhw yn Cardydd – Whitchurch, Llandaff, ffor'ny. Blwmin lyfli, fi'n gweld nhw off y bỳs. Un neu ddau o'r rheina, 'na beth 'wy moyn. Ac Ades, wrth gwrs.

'Pen o'r cwmwle, Kim,' fel ma Druid Welsh yn dweud wrtho fi bob dydd bitu bod. 'Meddwl am TGAUs gynta, ife, Hollywood wedyn.'

''Wy'n disagrîo, Syh,' fi'n dweud. 'Sai moyn colli'r boat i Hollywood.'

Fi'n gwybod yn iawn taw 'anghytuno' yw'r gair, ond sai'n dweud e. Fi'n dwlu rhwto Druid lan ffor rong. Neud e tam bach llai hunanfodlon amser ma fe'n sefyll 'da'r Druids erill yn 'u drag-queen outfits ar stej y Steddfod. Galla i weld e 'na nawr, yn llawn o hunanfodloniaeth, yn meddwl shwt gyment o Gymrâg ma fe wedi hwpo fewn i ni, a'n cofio'n syden reit taw disagrîo ddwedais i, wedyn yn atgoffa'i hunan – note to self – am dreial yn galetach i ddysgu 'anghytuno' â Kim Ellis Blwyddyn Un ar Ddeg.

Ond so'r Steddfod tan yr haf, ar ôl TGAUs, ac erbyn 'ny fydd e wedi hen anghofio bitu fi.

Gwd. Fydda i wedi hen anghofio bitu Druid hefyd erbyn 'ny, a'r holl athrawon erill, achos ma'r auditions wythnos nesa.

Y clyweliadau – serious, edrychais i fe lan.

Queen ma Ades yn galw fi, a fi'n cyfadde fi'n gallu bod tam bach o lond llaw. Ond chi goffo bod os chi ishe bod yn seren – so sêr yn cheap. 'Na pam 'wy'n siopa dillad yn Primark a ddim yn Asda fel Mami. Chi'n ca'l y dazzle yn Primark a chi'n ca'l y tents yn Asda – ddim bod Mami'n gwisgo'n drab, ond ma 'i'n cario baby-fat ers 1987, amser gas Gavin 'i eni. 'Bai chi yw e,' ma 'i'n dweud. A sai'n ame, er bod Chloe ni fel styllen achos a'th hi ar yr un deiet â Posh ar ôl i Jase ddod mas. Carotsen i frecwast, letysen i gino a stic o seleri os yw hi'n lwcus i gnoi pan ma Jase ac Anna-Marie yn bwyta'u turkey twizzlers i swper. A wedyn ma 'i'n slafo dros stof i neud meat and two veg i Dai, sy wedi bod yn ishte ar 'i ben-ôl drwy'r dydd.

Ma Chloe ni wedi setlo. Ma 'i'n berffaith. Gorberffaith, os chi'n gofyn i fi. Dau ddeg dau, dau o sbrogs a dyn – Dai. Byw lawr Pontypridd way mewn Barratt house. Soooo predictable. Ma 'i'n meddwl bod hi'n posh achos bod hi'n byw ar stad, a partner 'da 'i sy'n dreifo car heb go-faster stripes. Mam a Dad yn meddwl bod yr haul yn shino mas o'i pharte ôl hi ar ôl i Dai weud nele fe edrych ar 'i gôl hi pan a'th hi up the duff gynta. Stupid cow. Ond 'na fe, dim ond hairdresser o'dd hi, a ma bod yn wraig i sales arranger – staco shelffs yn Tesco, basically – yn rhwbeth i aspeiro ato fe suppose.

Reit. Fi'n mynd i edrych y geire 'na i gyd lan 'to i weld beth yw nhw yn Gymrâg. Sdim pwynt ca'l cyfweliad i'r X-ffactor Cymrâg os fi ffili siarad e – ddim bo fi wedi ca'l un 'to; clyweliad i'r un mowr sy wythnos nesa, yr un proper, gyda Simon Cowell a'r rheina, er bydd Simon Cowell ddim yn y rownd gynta. Sai'n siŵr os yw S4C dala i neud X-ffactor Cymrâg – heblaw un i ffermwyr, sy'n really taking the piss – a bydde fe'n tragedy os nag y'n nhw. Ond fydda i ar 'yn ffordd i Hollywood ta beth, so sai'n bothered.

Llyncu pry. Hoffi hwnna. Eironig, fel ma Druid yn dweud. Achos o'dd Chloe dala i feddwl bod hi'n saff os taw dim ond llyncu'r pry nele hi. Ma 'i'n dala i ddweud taw 'na fel gath Jase 'i gonsifo: dadle du yn wyn bod hi heb wneud dim byd ond llyncu.

Triniwr gwallt. Ych, sai'n hoffi hwnna.

Trefnydd gwerthiant. Hoffi hwnna – gwneud i Giveupan swno'n fwy o bans nag yw e, a ma 'ny'n anodd. Giveupan ma pawb ond Dadi a Mami a Chloe yn galw Dai yn 'i gefen – a welais i Dadi'n goffo fforso'i hunan i beidio wherthin pan glywodd e Gavin a fi'n galw hynna arno fe.

Anelu – fi'n anelu i fod yn gantores. CV – cantores. Dim byd arall, so chi angen gwybod dim rhagor. Daw 'actores', wedyn S4C, wedyn BBC, wedyn Hollywood. Cantores ac actores. Anelu. Na, so hwnna'n ddigon da. Sai'n *anelu* i fod yn gantores – 'wy'n *mynd* i fod yn gantores.

Fi'n edrych ar Jase ac Anna-Marie a fi ffili 'elp meddwl bo nhw'n ciwt as hell ond fi ffili 'elp meddwl hefyd bod Chloe ni wedi gwerthu mas. Ma 'i wedi swopo un breuddwyd am un arall mor rhwydd â troi tudalen catalog Argos. Fi'n cofio hi'n hapus fel nutter pan gath hi'r job yn Hair Today a sai really wedi gweld hi'n hapus fel'na wedyn. Stres, ma 'i'n dweud, plant yn mynd ar 'i thits hi drwy'r amser. Chi byth yn gwybod mor hapus ydych chi nes bod chi ddim – copyright Mam. Fi ac Ades yn ofalus, byth gwneud e heb condoms, a fi'n plano mynd i weld y clinic bitu'r pill nawr bo fi'n sixteen, i wneud e'n offisial. Cyn i fi droi'n sixteen wythnos dwetha, o'n i ddim moyn i Ades ga'l trwbwl achos bod e'n seventeen a fi dan o'd, er bo fi'n gwybod na nelen nhw ddim byd whaith achos bod yn well 'da nhw weld merched o'd fi ar y pill a dan o'd na merched o'd fi yn pwsho prams.

So Mami'n hido. O'dd hi ddim lot henach na fi pan gas Dadi hi 'in the family way' 'da Gavin, a 'wy'n gwybod bod hi'n lyco plant achos gath hi bedwar 'i hunan, a ma 'i'n carco plant Chloe i Chloe ga'l nap bob pyrnhawn. Sai'n synnu bod hi ishe nap. Fydden inne ishe nap hefyd 'sen i'n edrych fel stick insect.

Sai'n dew. Fi'n perfectly proportioned, wedodd Ades, a ma 'na'n bwysig os chi moyn canu.

Fi wedi gwneud cwpwl o gìgs yn y clwb lawr yn Porth achos bod Dadi'n nabod y manager, wedyn 'ny fi'n gwybod beth yw perfformo. A gefais i ran yn cyngerdd ysgol llynedd, er bo fi ddim yn ferch i rywun, achos bod Druid yn ffansïo fi ar y slei. O'dd 'na'n experience. Canu geire Cymrâg ar 'Angels' Robbie Williams o fla'n llond neuadd o S4C-types sy'n rhieni i blant yn yr ysgol. Chi byth yn gwybod pwy sy'n gwrando.

Wedyn ma'r audition 'ma'n dod lan yn Gardydd. Fi ffili weito. Er bydd milo'dd yn treial, fi'n itha siŵr newn nhw ddewis fi yn y rownd gynta. Ond bydd rhaid i fi weithio'n galed i fynd drwyddo yn y rownd wedyn, lle ma Simon Cowell a'r ddau arall yn dewis.

Ma Ades syrt bo fi'n mynd i ennill – ddim jyst y regionals, ond yr whole thing!

Fi'n practiso fel yr yffarn, a so fe'n waith rhwydd, believe me. Ma Snotty Dotty drws nesa forever yn conan bod hi'n clywed fi drwy'r walydd, ond bai hi yw 'na. Smo hi'n dyall canu ar ôl 1970. Ma 'i'n dala'n styc 'da Des O'Connor a Engelbert Humperdinck. Ma Mami wedi dweud wrthi bod hi ddim yn nabod talent pan mae e'n byw drws nesa iddi, a ddyle hi fod yn hapus achos gall hi ddweud pan 'wy'n canu yn America bod hi arfer cofio fi'n practiso drwy'r walydd, a gaeodd hynna'i phen hi am bach, ond fi'n mynd i offod practiso day and night o nawr mla'n, so ma 'i siŵr o fynd off 'i phen.

Fi'n practiso scales a stwff technical fel'na achos dwedodd Tone Deaf Cerdd bo chi fod i os chi'n canu'n professional. Fi ddim yn dyall miwsig ar bapur, fi ddim yn gweld 'i boint e a dweud y gwir achos ma'r CDs i gyd 'da fi.

'Keep the receipts, Bron,' ma Dadi'n dweud am yr arian ma Mami'n hala ar CDs i fi. 'We might be able to claim it back as expenses.' Sai'n siŵr bitu 'ny, achos part-time labourer yw Dadi, a sdim angen CDs i layo brics.

Pan fi'n enwog, galla i dalu nhw 'nôl sawl gwaith drosto, a prynu'r mansion 'na yn Llandaff.

Bitshbitshbitshbitsh!

Fi newydd whilo mas bod Sharon Pryce Merthyr Road yn mynd i'r audition yn Gardydd. Fi'n siŵr bod hi dim ond yn gwneud e achos bod hi'n gwybod taw breuddwyd fi yw e. Un fyl 'na yw hi – bitsh. Sdim blydi siâp canu arni 'ddi: fi'n cofio hi'n canu 'Mi welais jac y do' yn ysgol fach. Swno fel rat mewn trap. Ddyle rywun ddweud wrthi lle bod hi'n neud tit o'i hunan. 'Na fe, ma 'i mam a'i thad bob amser wedi treto hi fel tase'r haul yn codi ar 'i chyfer hi ('na beth wedodd Druid wrtho fi weud achos bod fi wedi dweud yn Welsh bod yr haul yn codi o arse Sioned Mai sy'n mynd i ga'l A serennog yn bob TGAU). So pwy ryfedd? Sharon Pryce Merthyr Road o'dd y gynta i ga'l iPod, ac iPhone, wedyn iPad, a ma'i thad hi'n mynd â hi i bob consyrt mowr sy mla'n yn y wlad – a ddim Cymru 'wy'n meddwl, ond yr UK! A dim ond syrfo tu ôl y cownter yn Jewsons ma fe! Dwedodd Ades bod Nathalie Grimshaw wedi gweld Sharon yn sgwennu mewn notebook amser o'dd Madonna yn canu yn y Millennium Stadium. O'dd hi, Sharon, yn cadw notes o bopeth o'dd Madonna yn gwneud, 'i dance moves hi i gyd, fel sda Sharon Pryce Merthyr Road hopes o'i bechingalw hi – dynwared, that's the word.

Sai'n gallu credu fe. Ma 'da 'i wyneb, gwyneb digon mowr i adel i'r lleuad ga'l night off, os chi'n gofyn i fi. Ma 'i'n gwybod yn net taw breuddwyd fi yw mynd ar *X Factor*, ma 'i'n gwybod 'ny ers o'dd y ddwy 'no ni yn yr ysgol fach yn canu 'Pwy wnaeth y sêr uwchben', a fi'n dweud taw seren o'n i mynd i fod ar ôl tyfu lan.

A sbeitodd hi fi wedyn, llynedd, yn ca'l y brif ran yn sioe Nadolig yr ysgol. Danso abitu'r lle fel 'se worms yn 'i nics hi. Ond fi gas ganu 'Angels' a o'dd Sharon ddim yn hoffi 'ny. Ha! Dwedais i wrthi taw 'na'r gân o'dd pawb moyn clywed, ddim y pethe o'dd hi'n ganu (ryw compilation o stwff Cymrâg gyda geire Druid arnon nhw i ffito mewn 'da'r thema), ac edrychodd hi arno fi fel 'se hi moyn sgratsio'n llyged i mas.

Ond nath hi ddim. Gaeodd hi'i phen, achos ma 'da 'i crysh ar Gavin ni ers amser o'dd hi'n Blwyddyn Saith, a fi'n gwybod 'ny, a ma 'i'n gwybod bo fi'n gwybod.

Canu ma'n nhw moyn ar *X Factor*, 'na beth ma Simon Cowell yn dweud – a corff siapus. Ddim pranso bitu'r lle.

Fi am ofyn i Ades wotsio fi'n canu 'Single Ladies' Beyoncé heno i fe ga'l dweud os yw'n moves i'n iawn.

〜

Feibs drwg yn tŷ ni. Mami wedi dweud wrth Gavin ffindo rwle arall i fyw os nag yw e'n stopo bod yn ffrindie 'da Callum Phillips a'r gang. Callum Phillips yw bad boy Llwynypia Road a strydoedd top pentre ni. Ma fe wedi ca'l dau conviction am ddwgyd ceir, a grasiodd e car Snotty Dotty drws nesa lan wrth Treherbert. Ddoth e mas o hwnna achos lack o evidence, ond ma pawb yn gwybod taw fe nath.

'There's fuck all else to do,' wedodd Gavin wrth Mami, 'so I hang around with whoever's hangin around.'

Roth Mami sweipen iddo fe am regi.

'Cer lawr i Ponty i whilo am waith!' gwaeddodd hi arno fe.

So Gavin yn gwrando. So fe'n credu neith Mami dowlu fe mas really, a sai'n credu 'ny whaith. Nath hi ddim towlu fe mas amser gath e'i ddala'n cario weed, a nath hi ddim towlu Chloe mas amser whilodd hi mas bod hi'n erfyn babi Giveupan. A sdim ots os bydde Shane, brawd bach fi, yn planto bom yn y Millennium Stadium cyn international, neu'n cachu ar ben y teli, achos ma Mami dala i feddwl taw babi bach yw e, nage diddeg, a ma fe'n spoilt rotten. So Shane ni'n gallu neud dim byd yn rong, er taw tit bach yw e a ma pawb ond Mami'n gwybod 'ny.

Fi'n mynd i ofyn i Chloe am diet sheet, achos clywais i mam Sharon Pryce Merthyr Road yn dweud yn Costcutters bod chicken wings 'da fi a gredais i taw conan bo fi'n mynd â'r pacyn dwetha o'r freezer o'dd hi nes i fi sylweddoli bo fi heb ga'l dim byd o'r freezer: treial dweud bo fi'n dew o'dd hi. O'n i'n sefyll jyst tu ôl iddi a nath hi esgus bod hi ddim yn gwybod bod fi yna. Fi'n gwybod taw treial fazo fi o'dd hi, y bitsh. Yr hen fitsh ('na fe, fi *yn* gallu treiglo: bydde Druid yn impressed).

Fi'n gwybod bod pawb yn gweld y sbot hefyd. Fi ffili edrych ar Sharon Pryce, a ma 'i'n neud Hair gyda fi yn ysgol. Wedodd Lauren taw edrych yn compassionate o'dd hi pyrnhawn 'ma amser ddes i face to face 'da 'i, ond gloato o'dd e'n edrych fel i fi, achos bod gyda fi sbot a hi ddim. Pedwar dwrnod i fynd a ma fe'n wyn nawr. Sai'n gwybod beth yw'r gwaetha – y ploryn llawn o pus neu Sharon Pryce Merthyr Road.

Anyway, ma Gavin dala i fyw 'da ni, a Mami'n dala'n grac achos ma fe'n dala i hongian rownd 'da gang Callum Phillips a dala i smoco dôp dan y bont bob nos. God. Fi ffili weito i fod yn seren!

∽

Fi'n really sad heddi, achos ma rhwbeth ofnadwy wedi digwydd, a heddi o'dd dwrnod gore bywyd fi'n mynd i fod. Shwt ma 'ny'n gallu digwydd? Chi'n gweithio lan i rwbeth, meddwl taw 'na beth fydd dwrnod gore bywyd chi so far, a ma fe'n troi mas i fod y dwrnod gwaetha by far. Sai'n gallu credu fe. Gwneud i fi feddwl bod 'na dduw after all, a bod e'n fascist pig, yn ishte lan ar 'i gwmwl yn meddwl wrtho'i hunan, Reit! Lle galla i achosi fwya o shit heddi? A-ha! 'Co Kim Ellis Llwynypia Road. Gwneith hi'r tro.

Fi'n dweud 'na, ond at least fi'n dala yn fyw. Yn wa'nol i Sharon Pryce Merthyr Road.

Fi dala ffili credu fe. Diddeg awr 'nôl o'dd hi'n fyw, a nawr ma'i wedi mynd. Am byth. Wedi ca'l ei lladd mewn damwain ar y dual carriageway nithwr. Fi ffili credu fe...

Ma'r pentre i gyd yn gutted. Waste of a life, ma pawb yn dweud. Callum Phillips o'dd yn dreifo ac o'dd e'n high, 'na pam grasiodd e. Mae e'n dala yn yr hospital yn Merthyr, ond ma pawb yn dweud bod dim sgratsh arno fe. Ffili ffêso neb mae e, ond mae e'n ffêso stretsh hiwj yn jêl, sdim dowt am 'ny.

Ma Gavin ni wedi ca'l itha shiglad. O'dd e 'da Callum a Sharon lawr yn y Ship cyn 'ny, cyn i Gavin ni ddod gatre, cyn i Callum fynd â Sharon am sbin (yn car newydd Snotty Dotty eto.

Ma fe'n write-off.). Beth gododd ar Sharon i fynd 'dag e, sai'n gwybod, a'i bywyd i gyd o'i bla'n hi – yn lle bod e gyd tu ôl iddi fel ma fe nawr.

Geso i ddim clywed hyn sbo ni ar y ffordd 'nôl yn y car achos o'dd Dadi ddim moyn fi ypseto sbo ar ôl yr audition.

Dwedais i bo fi ffili dyall pam o'dd Sharon Pryce Merthyr Road ddim wedi troi lan wedi'r cwbwl, neu falle bod hi 'na ond bo fi ddim wedi gweld hi yn ganol yr holl bobol, achos o'dd milo'dd…

'Kim, love,' dachreuodd e ddweud, yn yr un llais â wnaeth e ddefnyddio amser wedodd e bod Mam-gu wedi marw, so o'n i'n gwybod bod rwbeth massive ar y ffordd cyn iddo fe ddweud e.

O'n i'n gutted yn barod, achos canais i'n iawn yn yr audition ac o'dd foundation trwchus Mami yn cwato'r ploryn, ond geso i ddim mynd drwyddo.

Ma 'i'n ages tan blwyddyn nesa i fi ga'l treial eto. Wedodd Dadi gele fe gìg i fi yn y clwb i neud i fi dwmlo'n well ond sai moyn canu yn y clwb. Fi moyn canu yn y Millennium Stadium a Wembley a'r Hollywood Bowl. Fi'n sixteen nawr, a ma 'i bron bod rhy hwyr.

Eniwe, Sharon. Gymrodd hi bach o amser i ga'l pen fi rownd beth o'dd Dadi'n dweud. O'n i'n dala i feddwl, O god! Sdim byd o bla'n fi ond GCSEs a Childcare! Canais i 'Rehab' Amy Winehouse yn well na fydde Amy Winehouse 'i hunan wedi gwneud – ocê, ma 'i wedi marw, so so 'na'n anodd, ond ma 'i CDs hi cystel ag eriôd – ac o'dd Dadi'n dweud wrtho fi yr un pryd bod Sharon Pryce wedi mynd, wedi marw mewn crash. Achos bod Callum Phillips yn high. Achos bod…

O'n i jyst ffili ca'l e'n streit yn pen fi.

'Na i gyd o'n i wedi dweud wrth Gavin pyrnhawn cynt o'dd i ofyn hi mas am drinc. Pyrnu drincs iddi, falle neud un neu ddau yn dyblyrs neu… na, 'nes i ddim dweud wrtho fe ddodi fodca yn 'i lagyr hi, ac eniwe, pwy wa'nieth pa mor pissed o'dd hi, ddim hi o'dd yn dreifo. Wedodd Dadi 'ny: Callum Phillips o'dd yn dreifo. Jocan gyda Gavin o'n i, jocan shwt o'n i'n mynd i allu tynnu'r shein off dance moves Sharon bore 'ma yn yr audition a meddwl, Hangofyr! Neith 'na wa'nieth heddi, ac o'dd Gavin yn gwybod cystel â fi shwt gyment o grysh o'dd 'da Sharon Pryce Merthyr Road arno fe, yn do'dd e? Mas am drinc, 'na i gyd, mas am drinc 'da Gavin. Bydde hi ffili gwrthod.

Shwt o'dd Gavin fod gwybod bydde Callum Phillips yn cynnig mynd â hi gatre achos bod hi'n legless, a mynd â hi am detour ar y dual carriageway? Pam na fydde Gavin wedi mynd â hi gatre? Pam na fydde fe wedi aros tam bach, a helpu hi gatre, yn lle meddwl wrth edrych arni'n feddw shilts, 'Na fe, job done, little sis, a dod gatre a gadel hi gyda Callum?

Becso am Gavin o'n i yn y car, becso bod e wedi lêso drincs Sharon 'da mwy nag alcohol, bod e wedi gwneud tam bach gormod o ffafr i whâr fach fe. Dachreuais i dwmlo tam bach fel Lady Macbeth, yn hala brawd fi i ladd y competition.

A wedyn 'nes i feddwl, Na! O'dd gyda fe ddim byd i wneud gyda fe, dim Gavin, dim fi. Galle hi fod wedi mynd mewn i'r car gyda Callum Phillips any day, so fe ddim byd i wneud 'da ni.

'O my god!' dwedais i wrth Dadi am y canfed tro. 'I just can't believe it!'

༄

Pawb sy'n dod 'ma, mae e'n dweud yr un peth. A ma lot o bobol yn dod 'ma, achos ma pawb yn y pentre fel tase nhw moyn cwmni ers iddo fe ddigwydd, i ga'l dweud yr un pethe wrth 'i gilydd. Waste of a life, her poor parents, such a lovely girl.

Ac o'dd hi'n lyfli hefyd. Wystyd yn gwenu. Wystyd yn dweud helô. Wystyd yn hapus. 'Na fel chi'n gweld, y rhei hapus sy'n marw.

Fi a Lauren, ni wedi gwneud tudalen Facebook i gofio hi a

ma two hundred and eleven wedi sgwennu comments so far: waste of a life, such a lovely girl. Fi'n mynd i sgwennu i *X Factor* rhag ofan bo nhw heb glywed, dweud bod e wedi digwydd y noson cyn bod hi supposed i fod i ganu yn yr audition, a falle dodan nhw still lan ar ddiwedd y programme, llun o Shaz a 1997–2013 dano fe.

Heddi yn yr angladd o'dd pawb yn llefen, hygo'i gilydd. O'n i bitu cwympo mas 'da Lauren wedyn achos o'dd hi'n treial gwneud mas, yn subtle, bod hi'n agosach at Shaz nag o'n i wedi bod, ond so 'na'n wir. O'dd Shaz yn byw jyst rownd y cornel i fi a ma Lauren yn byw hanner milltir bant. A nath Mami a Dadi byrnu blode a troi lan, sy'n fwy na nath mam Lauren.

Fi ffili imajino Hair heb Shaz.

O'dd Druid 'na, yn edrych yn itha pathetic ac yn sniffo fewn i hances fe, er bod Shaz ddim yn dosbarth Welsh fe. A rhan fwya o athrawon yr ysgol. Ond ddim Tone Deaf, sy falle'n dangos nag o'dd Shaz mor dda am ganu ag o'dd rhei bobol yn meddwl, ond sai'n mynd i ddweud 'na heddi.

Bydd e'n weird. Ma pawb yn mynd bitu'r lle gyda long faces yn y street a goffes i dweud wrth Shane stopo wherthin yn Costcutters pan welodd e babi Kylie James Blwyddyn Deg heb napi na dim byd arall am pen-ôl fe yn parêdo wrth yr aisle crisps. O'n i'n twmlo fel wherthin ond 'nes i imajino Shaz yn gorwedd yn gwa'd hi a metal yn stico mas o hi, so llwyddais i i beidio gwneud. Ni'n twmlo'n guilty am wenu hyd yn o'd a ma 'ny'n twmlo'n od achos ma'n naturiol i wenu, hyd yn o'd ar bobol sy'n twmlo'n gutted, nag yw hi? Sort of gwenu trist…

'You sang well,' dwedodd y fenyw *X Factor* wrtho fi ar ôl i fi ga'l y three raspberries. Ffat lot o iws yw bod hi'n meddwl 'ny – i'r jiwri feddwl 'ny, 'na i gyd o'n i ishe.

O'dd Druid wedi clywed bo fi wedi treial *X Factor*, ond o'dd e heb glywed bo fi wedi ffili mynd drwyddo, achos nath e ffys fowr yn Welsh. (O'dd yr athrawon i gyd yn treial bod yn egstra neis achos beth ddigwyddodd i Shaz.)

Dachreuodd e i gyd 'da Dwayne Barlow yn pipo mas drwy ffenest amser o'dd Druid ar ganol darllen llyfyr gypsies T Llew Jones.

'O's rwbeth diddorol mas 'na?' gofynnodd Druid i Dwayne.

'Mae e'n braf, Syh,' meddai Dwayne, am y tywydd.

'Hi sy'n braf a hi sy'n bwrw glaw yn Gymrâg,' meddai Druid.

'Sut mae'n bwrw glaw yn Gymrâg, Syh?' gofynnais i.

'Bwrw hen wragedd a ffyn,' atebodd Druid yn clefyr clocsiau.

'Abiws, Syh,' meddais i. 'Bwrw hen wragedd gyda ffyn.'

Ac achos bod fi wedi siarad lan, rhaid bod e wedi hatgoffa fe ambitu fy attempt i i fynd ar *X Factor* (pam fi ffili cadw gob fi'n shut?).

'Ac ma gyda ni gantores yn ein plith,' meddai fe a cau'r llyfyr ar gypsies achos o'dd neb yn gwrando arno fe ta beth.

God, feddyliais i.

'Pam na fyddet ti wedi dweud?' gofynnodd y prat wedyn. 'Bydden ni gyd wedi dod 'na i dy gefnogi di.'

Fuckwit.

God, fydden i wedi ca'l y raspberries ar ôl y gair cynta tase fe yn y gynulleidfa. Ac eniwe, bydde neb wedi dod achos o'dd pawb (ond fi) yn gwybod erbyn hynny ambitu Shaz.

Blydi hel! As if bod dim digon o shit yn digwydd, ma'r Head yn considero sgrapo sioe gerdd blwyddyn 'ma ar ôl beth ddigwyddodd i Sharon! O'dd 'da fi high hopes am y brif ran blwyddyn 'ma – chance ola fi achos fi'n gadel ysgol yn yr haf.

Ma'r ferch wedi marw, a ma 'i'n dala i lwyddo i sboilo chances fi o fod yn seren.

Ma 'na'n cymryd y fisgïen, it really does.

ᔓ

Geso i air 'da Gavin, ffindo mas yn iawn beth o'dd wedi digwydd. O'n i ffili twmlo'n iawn sbo fi'n gwybod bod dim bai arno fi a Gavin.

A do's dim. Wedodd e taw dim ond pyrnu drincs iddi nath e, a nath hi ddim resisto really, achos o'dd hi mor falch bod hi mas 'da Gavin. Yfodd e a hi shitloads (gyda tam bach o persuasion 'tho Gavin), a doth e gatre ar ôl bod yn y tŷ bach achos bod e'n pissed, heb weud wrthi. So? dwedais i. Fi'n neud 'na weithiau – dod gatre amser fi wedi ca'l digon.

'I should've taken her home,' ma Gavin yn dweud drosodd a throsodd, a sai'n gwybod os yw e'n twmlo'n ddrwg achos bod e'n hoffi'r ferch after all, neu achos bod e ddim, a bod e wedi mynd â hi mas er mwyn fi, a bod e ddim yn ffansïo hi o gwbwl. Sai'n siŵr pa un yw'r gwaetha: bod e'n gutted achos bod e wedi dechrau ffansïo hi neu achos bod e ddim? God, fi'n conffiwsd. Dwedais i wrth Gavin i peidio becso, bod dim byd gyda fe i dwmlo'n guilty ambitu fe.

Sai'n credu bod e wedi gwrando.

O'dd Gavin ni bob tro arfer dweud bod e moyn bod yn train driver dwedodd Mami, ond sai byth wedi clywed fe'n dweud 'ny. Ddim byth.

'You'd be down the pits fifty years ago,' ma Dadi'n dweud, ond sdim hawl 'da fe i ddweud dim byd achos so fe'n cofio fifty years ago. Forty-three yw e, a so fe byth yn gweithio mwy na tri dwrnod bob wythnos achos mae e'n darllen conspiracies y pedwar dwrnod arall.

Mami sy'n gweithio chwech dwrnod, lawr ar yr industrial estate, ond ma Dadi wystyd yn dweud 'hunter gatherer returns' bob tro mae e'n dod gatre o'r chippie 'da fish supper i ni gyd, a Mami jyst yn gwenu a dweud 'Thanks, love,' wrth hôl y platie a'r fforce a'r sos coch.

'At least she got out of here,' dwedodd Gavin am Shaz.

O'n i'n gwybod beth o'dd e'n meddwl: ma Shaz wedi ca'l excuse perffaith i golli'r exams.

Ond sai'n credu taw ambitu TGAUs o'dd Gavin yn siarad.

Ma'n ocê. Ma'r sioe gerdd yn mynd mla'n 'er cof am Sharon'. Ma 'na'n fine 'da fi. Geith popeth fi'n gwneud eto fod 'er cof am Sharon' as long as bo fi'n ca'l canu.

A sai'n gallu credu'r peth, ddim jyst 'ny, ond fi sydd wedi ca'l y brif ran! Fi mynd i offo dysgu'r caneuon i gyd cyn Pasg – pethe Welsh o'r 1970s, ond gwell na dim byd, suppose.

Tone Deaf Cerddoriaeth wnaeth penderfynu. Nath e wrando arno fi a rhyw ferch snooty o'r chweched sy fewn i'r pethe Cymrâg 'ma – a dewisodd e fi! O'n i'n syrt taw'r ferch snooty – Llinos neu rwbeth – gele'r rhan achos ma 'i'n gallu darllen music ac yn mynd i gìgs Cymrâg, ond rhaid bod Duw yn gwenu ar Llwynypia Road heddi, achos fi gas e.

Ma mis 'da fi i ddysgu'r cwbwl lot. Rhyw mish-mash yw e o stori'r Mabnog – y thing far-fetched 'na ambitu wizards. Y fenyw flode 'na, a storyline sy'n cross rhwng *Grease* a *The Wizard of Oz*. Fi'n mynd i ga'l tight-fitting number 'da daisy anferth ar y ffrynt, so bydd diet sheet Chloe'n handi. Ma Mami dros y lleuad, a byrnodd Dadi Indian i ni gyd i selybreto. 'Nes i'r tro 'da jyst onion bhaji starter i gadw'r pwyse lawr, ond bwytais i tri chwarter chicken tikka masalar Chloe o'dd lan 'ma achos bod Giveupan ar ryw Management

Course yn Newport i ddysgu shwt i staco shelffs. Sdim ots. Dechrau deiet fory.

❧

Practisys, practisys. Fi'n gweld Tone Deaf yn fy nghwsg – a Druid (ych a fi!) achos mae e'n helpu mas 'da'r sioe gerdd hefyd. Fi goffo jyglo gwersi a ma Lora Bora Child yn pissed off achos fi dala heb fenni'r modiwl Development.

Don't care. Sai byth mynd i garco plant eniwe. Geith Ades a fi rhai amser bydda i'n fforti a blynyddoedd o stardom tu ôl i fi. Ma stars Hollywood gallu ffordo pick an' choose o plant bach Affrica ta p'un 'ny a falle naf i 'ny when the time comes achos ma'n nhw'n bertach na plant y wlad 'ma. Mynd yn neis 'da'r Gucci handbag. (Jocan 'yf fi: bydda i'n hoffi plant pan fydda i'n fforti.)

Ni'n goffo practiso drwy amser cino hefyd, sy'n grêt achos sai'n ca'l amser i fwyta. Ma Mami'n dweud bo fi'n dechrau mynd i edrych yn scraggy ond scraggy Mami yw puppy fat pawb arall.

Nath Druid weud bod e wedi hysbysu – hoffi hwnna – y bobol GCSE Welsh bo ni gyd wedi ca'l ffyc o sioc ar ôl damwain Shaz a galle fe effeithio ar ein perfformiad yn yr arholiadau. Swno about right i fi. Falle caf i C nawr. Sai'n gwybod os neith e wosho gyda bobol Cardydd, ond ma fe werth trei, am wn i, a whare teg i Druid am dreial.

Ma bobol Llwynypia Road a Merthyr Road a'r pentre wedi dechrau gwenu eto, a sai'n taro Shane ar 'i ben am wherthin in public rhagor.

❧

Fory ma'r perfformiad. Fi'n nyrfys as hell, a ma sbots ar 'yn freiche i. Lwcus bod y ffroc yn cyfro nhw. Gison ni dress pyrnhawn 'ma a canais i'n iawn er bod Tone Deaf yn mynnu stopo ni trwy'r amser achos rhyw tecnicaliti. Gobeithio bydd y rheiny wedi smwddo mas erbyn nos fory.

O'dd Druid itha hapus though. A'th e mor bell â dweud bod 'da fi ddyfodol o 'mla'n i, sy'n stating the obvious braidd achos lle arall bydde dyfodol fi, ond compliment o'dd e fod, a fi itha prowd o ga'l fe.

Ma Gavin ni wedi dweud bod e'n dod i weld fi nos fory, a fi'n falch, er bo fi heb ddangos 'ny iddo fe. Mae e wedi bod yn y dymps ers i Shaz farw, a wedi dympo Callum Phillips a'r gang. So Callum Phillips mynd i fod â'i dra'd yn rhydd am hir 'to ta beth, a'i court case e wythnos nesa. Ma Gavin yn testiffeio yn erbyn fe, a dweud beth ddigwyddodd, bod e mas 'da Sharon a bod fe a hi wedi yfed gormod, a bod e wedi mynd gatre. So 'na'n breaking the law. Ond ma fe wedi cyfadde popeth wrth Mami, wedi dweud taw plan o'dd e i feddwi Sharon, a gas Mami sioc wrth glywed 'ny. Ond daeth hi i'r canlyniad ar ôl ishte arno fe am tam bach nag o'dd Gavin wedi gwneud dim byd o'i le, a bod 'dag e ddim byd i fecso ambitu fe, a ma fe i weld yn côpo'n well 'da'r whole thing ers 'ny. Ma Gavin o ddifrif bitu ca'l job o'r diwedd hefyd, sy'n gwneud Mami'n hapus.

So. Bydd Gavin, Shane, Mami a Dadi, Chloe, Jase ac Anna-Marie yn dod i weld fi. Ac Ades. Bydd ishe row gyfan i'n t'ulu ni bitu bod.

God, fi moyn pisho fi mor nyrfys.

Er cof am Shaz, fi'n mynd i wneud fy ngore glas, as Druid would say.

⟨⟩

Classic! Kim Ellis – seren!
Ysgubais i pawb off ei draed!
Heddi: ysgol ni; fory: West End.

Syrt.

Ac o'dd llond y lle o S4C-types. Tad Robin, o'dd yn acto'r male lead (tragic o ran looks, ond sai'n mynd i weud 'ny sbo cyfres 'da fi yn y bag); tad *a* mam Leisa Wyn (ei mam hi'n ca'l affair gyda un o comish-thingis S4C); a loads mwy. Welon nhw fi i gyd.

A fwmpais i fewn i tad Robin ar ffordd mas (wel, falle ddim bwmpo: es i bach adrift draw i ble o'dd e yn y neuadd ar y ffordd i gwrdd â Mami a Dadi) a dwedodd e 'Superb' wrtho fi.

Superb! 'Na beth wedodd boi S4C! Fi ar fy ffordd!

Pob nodyn yn 'i le, 'na beth dwedodd Tone Deaf, a Druid yn beamo fel adfyrt Colgate.

Ades yn dweud cyment ma fe'n lyfio fi drwy'r nos wedyn – ond so 'ny'n ddim byd newydd.

Ma Ades yn dod 'da fi i Hollywood.

Pan fi'n enwog, sai mynd i anghofio o lle fi wedi dod o. So Tom Jones wedi anghofio. Ma fe dala i siarad 'da acen Valleys yn LA. 'Na fel fi mynd i fod. Cadw Welshness fi. Gwisgo'r Valleys ar fy sleeve, 'na beth fi'n mynd i wneud, mynd â'r lle gyda fi lle fi'n mynd. A fi'n mynd i fynd yn bell, peidio byth setlo fel ma Chloe ni wedi gwneud. Dim ond unwaith ni'n byw, a sai'n mynd i golli chances a regreto fe wedyn ar hyd fy oes i. Ma Druid yn reit bod pen fi yn y cwmwle, ond chi'n agosach at y sêr os yw eich pen chi yn y cwmwle, so sdim ots 'da fi. Fi mynd i ddechrau practiso ar gyfer *X Factor* blwyddyn nesa dros yr haf a fi mynd i ofyn i Caryl Parry Jones am special lessons shwt ma canu. Tone Deaf dwedodd falle bod hi'n rhoi rhei i bobol ma 'i'n meddwl sy'n mynd i fynd yn bell, so gallith hi ddim reffiwso'n hawdd iawn. Ma Mami wedi dweud neith hi dalu mas o child benefit Shane.

Sai'n gwybod dim byd am Caryl Parry Jones, ond ma Tone

Deaf yn dweud bod hi'n ffantastic, proper seren, a rhaglen radio gyda hi, a loads o CDs. Fi'n imajino hi fel Lily Allen Cymrâg, neu Rihanna, ond tam bach mwy gwyn achos taw yn Vale of Glamorgan ma 'i'n byw, a sdim lot mwy o haul yn y Vale na sy 'na gyda ni yn y Valleys. Ond ma dr'eni 'da fi drosti'n barod – os bydde hi wedi newid 'i henw i rwbeth mwy snappy, fel Carla Jones, neu Carly P. Jones, fi'n siŵr bydde hi wedi gallu mynd yn bell. Ma'r Jones yn OK (Tom, Grace) ond ma'r Parry'n tragic, a'r Welsh form of Carol. Gobeithio bod Tone Deaf yn iawn. Sai moyn wasto amser 'da ryw middle-aged Eisteddfod-mad throwback o'r eighties.

Meanwhile, ma Mami mynd i byrnu mwy o CDs i fi, i fi ga'l ecspando fy repertoire. Fi ffili weito.

∽

Gwylie haf o'r diwedd! Exams newydd fenni, ac er gwaetha popeth, sai'n credu bo fi wedi gwneud yn rhy ofnadwy.

Dim bod llawer o ots. Sai mynd i fod angen TGAUs ta beth. 'Na i gyd fi ishe yw Ades. Mae e mynd i fod 'na i fi, a mae e actively yn whilo am job.

'Anything,' ma fe'n dweud. 'I'll do anything that'll put a roof over my Queen's head.'

Fi'n credu bod e over the moon yn dawel bach.

A fi hefyd! Fi ffili weito!

'Bydd raid i ti weito,' ma Mami'n dweud. 'Bydd raid i ti weito pum mish arall.'

Fi'n falch nawr bo fi wedi anghofio mynd i'r clinic yn gynt i ga'l y pill, achos pan fi'n gweld y prams a'r dillad bach i gyd yn Mothercare (a'th Dadi â fi 'na dydd Sul i weld beth fydd ishe: mae e bron mor egseited â fi), fi'n toddi a ffili 'elp edrych mla'n.

Ma Ades wedi rhoi enw ni lawr am dŷ, mor agos â ni'n gallu i Dadi a Mami, a fi ffili weito i gwneud e lan. Fi'n gallu dychmygu fe nawr – brown fydd y lownj a cwshins orenj, a fi moyn soffa hiwj lawr un wal gyda digon o le i ni'n tri, Ades, fi a'r babi. Fi moyn prints ar y wal – ma rhei neis yn Ikea a Matalan – a fi moyn gwneud stafell y babi lan 'da sticyrs Disney. Bydda i'n gwybod ar ôl y sgan dydd Mawrth os taw merch neu bachgen fi'n mynd i ga'l.

Fi'n twmlo'n sgwiji reit tu fewn wrth feddwl bitu fe. Ades a fi, fel gŵr a gwraig, hapus byth wedyn, a babi bach ni.

Ma Chloe wedi addo dillad i fi, a ma'i stwff hi'n posh. Dai moyn dim ond y gore i blant fe. Stwff Next a Baby Gap – ma 'i wedi addo mynd drwyddo nhw gyda fi wythnos nesa ar ôl i fi ffindo mas beth fi'n mynd i ga'l. Fi ffili weito – o'dd y dillad yn Mothercare mor gorjys! Bron hala fi lefen o'n nhw mor fach a mor lyfli.

Ma Ades wedi dweud neith e briodi fi pan geith e job sy'n talu digon, a symud lawr i Ponty i Barratt home tebyg i un Chloe. Sdim ots, gallwn ni aros sbo 'ny, ond bod fe a fi a'r babi'n iawn. Geith Gavin stafell wely 'da ni i gwneud fe dwmlo tam bach yn well bitu Shaz.

Ma Ades wedi dweud bod e moyn bod yn new man. Driodd Dadi fod yn un o rheiny unwaith ond o'dd e ddim yn syniad practical. Mae e'n neud ffrei-yps weithiau, er bydde fe byth yn cyfadde wrth ffrindiau fe, a Mami sy'n goffo sgrwbo'r ffreipan ar 'i ôl e.

Fi'n twmlo mor lwcus. Popeth fi moyn gyda fi, a dyfodol o 'mla'n i, fel o'dd Druid yn dweud.

Welais i Druid, as it happens, yn Mothercare. Gath e sioc o weld fi 'na, so dwedais i wrtho fe'n strêt, dim whare: 'Fi'n mynd i ga'l babi, Syh.'

Neud change iddo fe glywed e rhywle heblaw yn y dosbarth.

Ond, am eiliad, o'n i'n credu bod e heb glywed fi'n iawn achos o'dd e'n edrych yn startled ac a'th e'n dead tawel, ond wedyn gwenodd e'n llydan a dweud:

'Wyt ti? Wel, bob hwyl i ti 'da popeth, bach,' ac o'n i'n really touched, achos so Druid yn fachan ffôl er bod e bach yn obsessed gyda treigladau.

Ddododd e'i law ar 'yn ysgwydd i ac edrych ar Dadi a dweud: 'Neud i fi dwmlo'n hen, gweld 'y nisgyblion i'n setlo.'

Ond dwedodd Dadi ddim byd achos so fe'n dyall Cymrâg, so dwedodd Druid wedyn: 'Good girl, this one.'

A nath 'ny i fi dwmlo hyd yn oed yn fwy sgwiji tu fewn.

Fydd hi'n od peidio mynd i'r ysgol. Dr'eni bod rhaid i ni adel rhai pethe i fynd wrth dyfu lan. Sai'n credu naf i paso Child ond ma Mami bob tro'n dweud bod yr ochor practical yn different kettle of fish altogether.

Ades a fi a'r babi – fi ffili weito!

Chiwia

DAWNSIAF
yn ddiarth i mi fy hun mewn ffrog. Mae ei chotwm yn sibrwd ar groth fy nghoes wrth i mi droi hefo'r gerddoriaeth fel trac cefndir ein llawr dawnsio ni. Yma mae 'mywyd, yma mae 'nghân, tonnau a thonau'n fy sgubo, a choflaid fy nyfodol amdana i rydd faeth, rydd addewid, rydd ryddid.

Wynebau 'mydysawd yn troi, er mai fi, mai fi, sy'n troi, fel sêr fy ffurfafen a'u goleuni tuag ata i, tuag atom, ddau atom, dan gyffyrddiad eu goleuni egwan atom rydd lwybr, rydd gyfeiriad, rydd ddawns i'n bod.

Maen nhw i gyd yma, bron, yn suddo i'w gilydd, drwy'i gilydd, y rhai a'm gwnaeth. Hi yw fy ffrind, a hi, a hwnna, a hithau, a nhw a'm gwnaeth, hi ydi, nhw a'm, trwy gariad oll, casgariad, pruddgariad, ofngariad, hwylgariad, dwfngariad, llesgariad, ysgariad sy'n gariad i gyd, cydgariad, cydgerdded mewn cariad.

Wynebau'n llithro i'w gilydd ynof i yng nghoflaid, yn dy, yn eu, yn ein, yng nghoflaid y ddawns.

Pibonwy, ddim baneri, oedd yn crogi wrth fondo'r gwesty 'ma adeg Dolig. Mam a fi'n swpera tu mewn, a golau fflamau'r tân yn llyfu dros ein cysgodion.

Dau gysgod yn chwarae mig â'i gilydd heb leisio geiriau'n iawn: roedden nhw wedi'u cau'n dynn dan glawr tu mewn i ni rhag cymell yr anghlywadwy. Eog iddi hi a salad cyw iâr i finnau

– roedd 'y mryd i eisoes ar y ffrog dwi'n ei gwisgo rŵan, er nad oeddwn i wedi'i dewis hi chwe mis yn ôl.

Y noson honno, noson y pibonwy, dyna pryd y dysgais i na fyddai hi yma yn fy mhriodas i heddiw, er ei bod hi ynof i, trwof i, efo ni, ymhlith yr wynebau sy'n troi yn fy nawns.

Chwarae mig â'n gilydd wnaethon ni'r noson honno, a'r rhew'n clecian tu allan, yn llawn o'r clecs na châi eu gwyntyllu dros y bwrdd.

Mi gnodd hi'r brocli heb oedi dros yr hyn doedd 'na'm rhaid ei ddeud – roedd hwnnw'n ddealladwy rhyngon ni, os oedd deall yn bosib, y gair, y geiriau diangen.

Dôi eraill i 'mhriodas i, ond ddôi hi ddim. Yn ei gwendid, welai hi ddim sut y gallai hi ddod.

Ond mae hithau yn fy nawns i hefyd, ac mi wela i ei dwylo hi fu'n llyfnhau 'ngwallt i, yn ei gribo fo a'i rannu fo'n blethi 'i dorri calonnau', a finnau bryd hynny yn gweld dim ond rhaff; yn ysu am ryddid i grwydro caeau, afonydd, coedwigoedd a llethrau efo ffrindiau holl-liwiau'r-enfys; mi fedra i deimlo'i dwylo rŵan yn mwytho 'nhalcen drwy bob aflwydd plant, yn cadw'r gwallt rhag i mi chwydu drosto, a thrwy siom a phob digofaint yn y dyddiau hynny; ei dwylo hi amdana i ar lan bedd a'r pridd gwlyb yn barod i fynd yn ôl i'w wely, er mai ei mam hi oedd yn gorwedd yn yr arch; ei dwylo hi amdana i pan alwodd Iwan Jones fi'n 'hwch' ac yntau wedi cael sws y diwrnod cynt dan bont y trên bach, a mwd ar ei ben-gliniau o dan ei drowsus cadets; ei dwylo hi'n estyn plateidiau a basneidiau o luniaeth na ddiolchwyd erioed amdano; yn taflu'r dŵr dros war i olchi'r tu allan oddi amdanaf a 'meiau oll yn lân; ei dwylo hi'n gwasgaru'r hunllefau bach i gyd.

Prysur oedd ei dwylo hi adeg Dolig hefyd, yn bwyta'i heog iddi gael mynd, a'i neges wedi'i phlannu ynof i fel cansar.

Ddo i ddim, ddo i ddim.

Dwi'n teimlo cyhyrau'r ddawns yn fy nghario oddi wrthi,

rhag ei chyngor a'i rhybuddion, rhag ei chlymau ar fy ngwar, rhag ei bysedd yn cyhuddo, a dwi'n llithro rhag y blynyddoedd pan ddaeth hi wyneb yn wyneb â f'arddegau – y fi a drodd at fywyd lletach, dyfnach na blaenau ei bysedd a hyd ei thafod.

Oes gen ti'm sgert hirach na honna? Oes raid wrth y colur sy'n cuddio dy wedd?

Oes, oes, Mam! 'Y ngholur *i* ydi o, a'n sgert *i* ydi hon. Fi ydi'r colur a fi ydi'r sgert.

Oes gen ti'm uchelgais, ferch?

Oes, fy uchelgais *i*, ac oes, ma gin i foesau, a choesau i'w dangos a gwin i'w ddrachtio a deiliach i'w smocio a ffrindiau i'w caru a gwledydd i'w teithio a dawns i'w dawnsio a bywyd i'w fyw.

Gwêl liwiau'r hydref a'r machlud, meddai Mam heb weld mond y llwyd, a gwelais innau'r gwanwyn rhwng brigau'r coed cyn llyfu'r mêl o wyddfid un a fu tan hynny'n wyryf, a'r wawr rhwng coed Lôn y Cariadon lle llyfodd un arall ryw fath o wyryfdod oddi amdana i.

Mam fach, mae 'na liwiau na welaist ti erioed mo'u dyfnder, na'u teimlo amdanat a thrwot yn donnau o bleser pur.

Pibonwy – nid baneri – a'u llafnau'n disgleirio'n wyn yng ngolau'r lloer fel bonllef o ddiwrnod braf. Pibonwy, fel cleddyf Arthur, a'r cof amdanynt yn fy ngwanu heddiw wrth i fi deimlo'r bwlch lle mae'r Fam Lwyd i fod.

～

Mae'r hwn a gâr fy nghalon i…

Iddew? Mwslim? Sais? Tsieinî?

Tlotyn? Yfwr? Lleidr? Cnaf?

Câr di'r hwn a fynni, meddai Mam, bell-bell yn ôl.

～

'Ma hi'n bwrw glaw tu mewn i mi,' meddai Lisa, 'rhwng llyncu a neud pi-pi, ac arnat ti ma'r bai.'

Bach oedd hi, tua chwech, ond do'n i ddim isio neud iddi fwrw glaw tu mewn ddim ond am 'y mod i'n gwrthod gadael iddi ddod allan i chwarae efo fi. Taswn i'n dal i chwarae yn yr ardd a'r parc bach, fyddai dim ots gen i, ond ro'n i wedi ffeirio'r rheiny am strydoedd Caernarfon, ac roedd ffrindia dre, a hogia, yn llai goddefgar o chwiorydd bach chwe blynedd yn iau na nhw.

'Fedret ti fynd â hi am hanner awr a chadw llygad arni,' meddai Mam, yn gweld caethiwed cyfrifoldeb yn cadw'r ddwy ohonom yn ddiogel. 'Law yn llaw a dim croesi lôn.'

Es â hi, yn anfoddog, ar hyd ffordd Bangor, ffordd Caernarfon, sy'n mynd a dod i'r ddau le ac oddi yno, ac ymlaen wedyn heibio siop y cigydd a mentro barnu nad oedd croesi ar groesfan yn 'groesi lôn', i'r Maes lle roedd cwmnïaeth bore Sadwrn byr yn uchafbwynt wythnos o edrych mlaen, a Sally Ann a Gary a Becky Smith a Barry ddoniol, ddeniadol yn fy nenu, a draw wedyn yn chwech i Goed Helen i eistedd ar siglenni fel tasan ni ddim isio siglo, dim ond sgwrsio'n hen am bwy sy ffansi pwy, ha-ha jaman!, a'i chlustiau bach yn llyncu, llyncu rhwng mynnu 'Pwsia fi, pwsia fi.'

Gwthio'n rhy galed wnaeth Barry a disgynnodd Lisa'n glewt ar ei boch nes cael sgraffiniad a barodd sgrechiadau a chrio dilywodraeth, a finnau'n ceisio cysuro – damia Barry wirion, damia Sally Ann yn chwerthin y gwirionedd i 'nghyfeiriad:

'Ti geith ffrae, ti'n grounded am fis 'ŵan!'

'LisaLisaLisa,' gwthiais ei gwallt o'r briw a gwybod na chawn hi i roi'r gorau i 'dwishomyndadra' nes y cyrhaedden ni'r tŷ a Mam â'i phryd o dafod am adael i Barry Sgubs ddireol nadoeddganddofohawl i wthio na chyffwrdd yn Lisa – ac i be o'n i'n stwna yn 'i gwmni fo a'i fath p'run bynnag? A be oedd hi 'di ddeud am groesi lôn? Cresiendos o gerydd wrth iddi gofio un

newydd bwygilydd, a 'Nhw', y 'Nhw' yn ei chael hi lawn cymaint
â fi dwp, anghyfrifol am fynd â Lisa i olwg y 'Nhw' oedd yn
gyforiog o bob drwg yn y byd.

Byrhawyd y bore Sadwrn byr, ac ildiais i'r anorfod wrth
ffarwelio â'r lleill gan fwrw glaw tu mewn i mi rŵan hefyd wrth
feddwl am gerydd Mam i mi a phawb o'n i rioed 'di gneud
efo nhw, a Lisa'n dal i fwrw glaw tu allan yn hynod, hynod o
swnllyd.

Cerddodd y ddwy ohonan ni ar draws Bont 'Rabar i faes
parcio Castall-dre ac i'r Maes, lle syllodd rhai i gyfeiriad ei dagrau
swnllyd a oedd bellach, chwarae teg, yn dechrau gostegu.

A theimlais ei llaw fach chwyslyd yn dynn yn fy un fawr innau
a'i charlam yn ceisio dal fy nghamau breision i, nes i rywbeth
roi yn fy llwnc – nid glaw na haul ond cwmwl o gariad amdani
– nes i ddagrau o gariad tu mewn i mi wneud i mi aros ar ganol
y Maes, lle roedd bysiau'n cyrraedd a gadael yn y dyddiau hynny,
a phlygu i 'nghwrcwd i afael amdani, y fach orau yn y byd i gyd,
a rhoi sws gofalus i'r crafiad ar ei boch, i stopio'r glaw, i stopio'r
glaw tu mewn iddi hi a fi.

～

Mae'r hwn a gâr fy nghalon i…

Dyn di-dduw? Godinebwr?

Dyn dall? Treisiwr?

Cachgi parod â'i ddyrnau?

Câr di'r hwn a fynni, meddai Mam, fel tasa hi'n gwybod be
oedd hi'n ddeud.

～

'Ti'n ocê, ti yn,' medda Joyce Sgubs fela a bachu fi 'tha sgodyn
mowr o 'Rabar a mynd â fi rownd dre, rownd lle dwi fod, rownd

bobman cont, i ddeutha fi betha, betha am bobol a betha am lefydd a betha am fi'n hun 'de, fatha ma ffrindia sposd i neud.

A Joyce roth liw i doea tai a betha fatha pafins oedd mond chwyd, ia? Chwyd, ac amball sbloj o chwd noson-cynt cont yn lliwio fo'n braf.

Chwyd a pyg, ond glwish i liwia 'ddar 'i thafod hi.

Oedd hi'm isio deutha fi'n cychwyn, a finna'n Cae Gwyn snob a hitha'n Sgubor Goch Goch, bod 'i thad hi'n jêl, ac oedd hi'm isio fi adra yn slym 'cw, sgym 'cw, i osod 'yn chygid ar 'i mam hi. Ac o'n i'n casáu'i chwilydd hi – cwilydd ia? cwilydd hwn a chwilydd llall – am bod o'n deud mwy amdana i nag amdani hi a'i chartra.

Ag oedd gynna *fi* gwilydd 'fyd, 'chos o'n i'm isio dangos telyn a piano a chunia sgribls ffycin cyffin ar walia tŷ ni i Joyce.

Chwara teg i Joyce, hi lyncodd 'i chwilydd gynta, ddim fi, a fi gath fynd hefo hi i Sgubs i ddysgu wbath mwy na be oedd cwmni drama capal ac A serennogs a chyfra malu cachu gin lwsars boring, a stagio bobol go iawn yn byw go iawn lle smalio bo'n wbath arach.

Denig i Sgubs fatha denig i ben-draw-byd, o rysgol, a dojo rysgol weiffia, dysgu mwy gin bobol go iawn lle bobol clai.

Styriodd hynna betha adra hefo Mam, do, ffwcsan flin, 'im isio cmysgu Cae Gwyn 'fo Sgubs i neud chiwia newydd, 'im isio Joyce i sticio wrtha fi fatha ci 'di ca'l smel, 'im isio wiff o drwbwl 'i thad ar 'y nichada fi.

Ag oedd o mond yn jêl am bodo'n trio neud wbath efo'i fywyd, chwara teg.

Oedd Joyce yn gwbod y fform i gyd toedd, pw ti'n ga'l slagio ffwr a pw ti ddim: ti'm yn slagio brawd-fi, chwaer-fi, tad-fi, mam-fi, nain-fi, cefndar-fi, cnithar-fi, anti-fi, yncl-fi, ond gei di slagio pw ma'n nhw'n byw hefo neu 'di br'odi achos dydan nhw'm yn perffyn, nag 'dan cont, sgynnyn nhw ddim gwaed-fi, nag oes cyw? 'Di smalio perffyn 'im 'run fath.

Gesh i fynd i Morgan Lloyd hefo 'i, do, hefo ID rwun oedd hi 'di fachu yn Cofi Roc noson bedydd hogyn 'i brawd, a finna'n landio adra'n lysh gachu racs a jest abowt manijo i sleifio fyny grisia yn Cae Gwyn a dan y dichad gwely nesh i cyn i Mam ddod i mewn a dwrdio paamsarti'ngalwhyn?

Stagio cloc larwm codi'rysgol ag oedd hi'n rhwla rhwng ugian a deg munud i ddeuddag ddwy waith drosodd ar y ddau gloc a diolch byth mi a'th hi o'r drws a 'ngadal i chwdu'n gyts allan drw ffenast am ben y bloda hen bobol heid-rwbath sy'n newid lliw o las i binc weiffia fel maen nhw isio.

A denig wedyn i Goed Helen i smocio tra'i bod hi'n capal practisdramamerchedywawrurdd(bodmairhyhen)clwbdarchan a hitha'n diwadd yn ogleuo fo ar 'y ngwynt i mbwys faint o Sugarfree Extras o'n i'n gnoi ag 'im yn gwbod be oedd o a chael cyffral o ffrae gynni am smocio ffags tramp (rôlis oedd hi'n feddwl) a finna'n cymyd y slag i gyd yn hapus braf bod hi'm yn nabod hogla wîd neu 'sa hi'n siopio fi i'r cops tasa gynni frênsel – sôn am clas clai!

Bywbywbywbyw hefo Joyce...

Ac o'n i *isio* byw hefo Joyce go wir, hi a'i phawb mawr nath le i fi ar y soffa rhwngt y gath a'i thaid a phlant 'i brawd.

Lawr yn Coed Helen, mi sticion ni'n tafoda drwy'r cylchoedd naethon ni hefo'r mwg drwg a wedyn mi sticiodd hi 'i thafod drw'r cylch o'n i newydd chwffu fathag oedd ffrindia slawar dydd arfar pricio tycha'n 'u bysidd hefo pinna a chmysgu gwaed i ddeud bod nhw'n ffrindiaamoes a neb yn ca'l slagio'r llall ffwr!

Wedyn, nesh i fynd mwy powld, do, a'i gwadd hi adra i Cae Gwyn i angos iddi bo 'na'm otsh lle oedd neb yn byw os oeddan nhw'n ffrindiaamoes, a mi helpish i hi i slagio ffwr yr holl betha gwirion oedd yno na toedd mond pres yn gallu talu amdanyn nhw, fatha chunia a piano a soffa mondargyfardichadaglân.

Ag yn y laff oeddan ni'n dwy'n 'i gael, mi angoshish i stafach mamadad iddi a mêc-yp Lancôme Mam a'i ffigiarîns hi gyd, do, ambodni'ncaelhwyl, a mi stagiodd Joyce y jiwylri bocs mawr du sgin Mam a bodio drwyddofo'n cogio bach bod yn ddynas fawr, do

ac o'n i'n lyfio bob munud o'i chwmni hi, o'n i'n *lyfio* Joyce

a dyna pryd doth Mam adra, do, a'n dal ni'n stagio a slagio'n chwerthin fatha ffyliaid a'n clustia ni ar gau

a mi gath Joyce fynd drw drws ffrynt, 'i gwffio drw drws ffrynt – clep fatha twrw taran – a'r *stained glass* yn bygwff disgyn crash o'i le

a mi weiddish i a mi sgrechish i a mi strancish i gymint â fedra 'mhymffag oed i neud a mi sgrechiodd hi taw! taw! nes tynnu Dad o'i waith i actio plisman rhyngthan ni

a wedyn, wedyn, dyddia wedyn, a finna'n dal i lyncu anfarth o gamal mawr huch mwynamul, a hitha'n sowldiwr, mi ddoth ata i i ddeud bod y fodrwy ar goll

bod Joyce wedi'i dwyn hi

bod hi, Mam, wedi bod drwy'r jiwylri bocs mawr du jest i sbecian neudynsiŵr, jest fatha 'sa unrw blisman da'n 'i neud, a'i

bod hi 'di methu dod o hyd i'r fodrwy, modrwynain, modrwyhenhenhen, modrwysy'narosynyteulu os nag oes gynnoch chi soffa lle ma pawb yn gallu ista arni yn 'u dichad budron

ac o'n i'n gwbod, yn GWBOD, na ddim Joyce oedd 'di mynd â hi, i be 'sa Joyce isio modrwy a ninna 'di chwffu cylchoedd mwg hefo'n gilydd? 'Be 'swn i isio jangls?' fysa Joyce yn ddeud ond bod hi'm yno i atab drosti'i hun o flaen 'i gwell, a to'n i wedi gweld efo'n llygid 'yn hun nad oedd gin Joyce ddim byd yn 'i llaw pan gaeodd Mam y drws arni?

Ac oedd Mam yn gwbod, yn GWBOD bod mai Joyce oedd 'di dwyn hi, gwbod cymint nes iddi gau'i meddwl i unrw bosibilrwydd arach, cont.

A hi a ddywedodd, hi a gyhoeddodd:

'DAN NI'N BOBOL BARCHUS, GRETA.

Canys hi a wyddai nad da oedd Joyce. Hi a wyddai mai lleidr oedd Joyce fel ei thad o'i blaen.

Lladrones ei modrwy, lladrones ei merch.

Hi a wyddai, hi a farnodd nad da Coch, mai gwell Gwyn, rhag bod lliw Joyce yn baeddu ei chyntaf-anedig.

Ac yn ei llofft, dysgodd ei merch mai bod yn ddall i liwiau'n gilydd yw bod yn barchus, a gwelodd lif y glaw drwy'r ffenest, llif yn tafellu düwch y nos dan olau'r stryd. Llafn o law.

Llifyntafellufyntafellifyntafellufyn.

Ac ni fu Joyce yr un un wedyn efo Greta.

Ac ni fu Greta yr un un wedyn.

∽

Câr di'r hwn a fynni, meddai'r Ddynes Lwyd, heb wybod enwau'r lliwiau i gyd.

∽

Mai'r Ugeinfed oedd pawb yn dy alw am mai dyna oedd rhif dy stafell, Mai o Grymych, a finnau yn stafell un deg saith. Ond blwyddyn yn fyr o dy ddoethineb oeddwn i, deunawfed ran o oes yn iau na thi. Mai o Grymych a Greta o Gaernarfon: yr ie ge a'r ia mwn.

Ac oherwydd rhywbeth, mi dyfon ni'n ffrindiau a chwyddo cylchoedd ein gilydd a ffrindiau'n gilydd nes creu un cylch mawr.

Roeddet ti, rwyt ti'n ddoeth ac yn eofn, yn gall ac yn wallgof, yn llawn o ryferthwy'r storm o liwiau sy'n dyfnhau ein cyfeillgarwch. Dilynaist fi i brofiadau newydd – i gylchoedd newydd o ffrindiau coleg a finnau'n dy ddilyn dithau i dy rai di nes creu ein lliwiau cin hunain. Fy Mai, fy haf, fy sylfaen, fy synnwyr.

∽

Ddim ar y Ddynes Lwyd oedd y bai am y ddamwain. Ddwedais i erioed 'mo hynny wrthi, a wnaeth hithau ddim awgrymu hynny chwaith, pa un a oedd hi'n ei deimlo ai peidio. Tro ar y ffordd achosodd y ddamwain, a diffyg gofal ar fy rhan i.

Chofia i ddim beth ddechreuodd y dadlau ar y diwrnod hwnnw, na'i hunion eiriau, ond Mai a fi oedd ei gynnwys, ni'n dwy a'n henfys o fywyd. Parodd ei rhagfarn iddi weiddi'n uwch nag arfer yng Nghae Gwyn, a sgrechian lle nad oedd sgrechian yn weddus, a bytheirio a bygwth a'n barnu o'i llwyd, nes i fi gael llond bol a phenderfynu unwaith eto nad oeddwn i'n mynd i wrando, 'mod i isio cwmni ym mhen draw'r wlad. Caeais y drws ar ei thân a'i brwmstan ac anelu am y car.

Do, mi daflon ni'n taflegrau at ein gilydd, llafnau tafodau'n gwanu'n briwio'n blingo, a dihangais ar hyd yr A487, fy nghâr ffordd, fy nghas ffordd, a'm clymai at Mai, at Fai, a'm clymai, a'm crogai gan ei phellter. Llyncwn y ffordd yn fy ysfa i adael geiriau Mam y tu ôl i fi, yn fy ysfa i gyrraedd Mai. Llyncwn hi, a chyn i mi gyrraedd, mi lyncodd y ffordd fi.

Yn fy nhymer, methais y tro rhwng Ffos-y-ffin a Llwyncelyn, a glanio ar fy ochr yn y car ar ei gefn wedi taro 'mhen: doedd dim craith, neu doedd fawr, ac mae creithiau'n gwella. Doedd dim craith i farcio'r fi newydd, ddall a aned o'r ddamwain.

Rhwng Aberaeron a Llwyncelyn, rhwng ei rhegi a'i gwrthod, rhwng troi llygad dall a throi cefn, rhwng gadael a chyrraedd, rhwng colli a chael

rywle rhwng llygaid a gweld y trawodd llyw'r car fi.

Gallaf weld hynny i gyd rŵan – fel cerdyn post o oes arall – er na welais i ddim byd wedyn. Disgynnodd tywyllwch na wyddwn ei hyd na'i led. Ces ddwylo gan eraill i wneud pan nad oedd calon gen i i wneud, a ches leisiau i ddechrau ailgynnau'r lliwiau ynof. Daeth Lisa i chwerthin tu allan efo fi er mwyn lladd y crio tu mewn. Daeth ffrindiau i ail-greu'r byd ar fy nghyfer.

A thrwy'r cyfan, Mai.

Ac yn raddol bach, dysgais nad dim ond i'w weld ond i'w deimlo, mai i'w fyw y mae lliw.

∽

Yma, yn fy mreichiau, dawnsi di a ysgubodd gyfanliw i mewn i mi, nes na allaf byth mo'u llacio, er y gwn mai efo fi y byddi hyd oni wahaner ni gan…

Yma, yma mae 'nghân, yn troelli drwy'r ddawns gyda mi, fel y gwnest ers cyrraedd gyntaf. Rhennaist yr haf â mi a doi i rannu'r hydref a'r gaeaf a'r flwyddyn nesaf wedyn hyd oni.

Yma, rhwng fy mreichiau, mae 'nghyfan i.

∽

Pan ddaeth Lisa ata i wedi'r wledd y pnawn 'ma ac estyn bocs bach tuag at fy mysedd ar draws y bwrdd tra siaradai'r stafell o'n cwmpas, ro'n i'n gwybod yn syth pan welodd fy mysedd hi mai modrwy Nain oedd hi, yr un y cafodd Joyce ei chyhuddo o'i dwyn ddegawd a hanner yn ôl.

'Modrwy Nain,' meddai Lisa. 'Mi ddoth o hyd iddi 'chydig wsnosa wedyn yn cwpwrdd, ac mi fethodd hi gyfadda wrthat ti ar y pryd. Dyna ddudodd hi.'

Rhy barchus i lyncu balchder.

'O'dd hi isio i ti 'i chael hi.'

Wnes i ddim estyn am y fodrwy, dim ond gadael i Lisa ddeud.

'Wrth gwrs, ma gen ti fodrwy arall 'ŵan,' meddai gan wasgu

llaw gynnes am fy un i, 'ond ma gin ti ddigon o fysedd i wisgo dwy.'

Ro'n i'n gwybod ers noson y pibonwy na fentrai Mam byth drwy ei rhagfarnau llwyd fel rhwyd amdani.

'Sut fedra i 'i gwisgo hi wrth ochor y llall?' gofynnais iddi, gan gau'r bocs a'i wthio 'nôl ati. 'Ma gen i ddigon hebddi.'

∽

Gynnau, a finnau wedi cilio am rai munudau i 'nghwmni fy hun, i fi gael gneud 'y ngwallt ac ailosod y colur a ddiflannodd dan chwys pnawn 'ma, fy niwrnod godidocaf, ces fy hun, yn fy nghwmni fy hun, yn llofft briodasol y gwesty'n gofyn pryd a phethau felly. Pryd oedd gwybod mai Mai oedd yr un?

Roedd hi wrthi'n brwsio 'ngwallt byr yn fy stafell yn Neuadd JMJ – gwallt nad oedd angen ei frwsio – a'i llaw'n cyffwrdd yn ddamweiniol, yn ddamweiniol?, ag ochr fy ngên a gwyddwn

gwyddwn y dôi coelcerthi o gynnwrf a chyfaredd a fflamau pob lliw'n tasgu llyfnder ac awch a blasau'n toddi i'w gilydd a thonnau a thonnau a blaenau bysedd yn mentro â phinbwyntiau o lawnder pur

a deimlai'n llawn, llawn wrth ochr y gweddill pŵl.

A gynnau hefyd, ar draws y meddyliau hyn, mi ddoth Mai o Grymiymych i mewn i'r llofft a mynd ati i gyweirio 'ngwallt a 'ngholur gan barablu ei hapusrwydd i gusanu fy un i, a haf ei llais yn addo toddi'r pibonwy ynof.

Yna, gofynnodd, gwahoddodd:

'Dawns?'

Cawod

MAE'R HAUL YN mynd tu ôl i gwmwl gan bylu haf yr ardd ar amrantiad, ond maen nhw'n dal ati i siarad, a'u grŵn uwch fy mhen dan fy nhraed amdanaf fel carthen o ddrain. Chlywa i mo'u geiriau, dim ond eu cyweiriau hunanfoddhaus, ffug-ostyngedig yn clochdar yn ffug-ddilornus o'u trysorau ac enwau'r plant yn dotio'u trydar. OsianCeriAlawMallt-TelorEurgainBen.

Bai'r elen sy'n sugno fy hunan allan ohona i yw'r cyfan. 'Ddown ni draw,' meddai un o'r tair, 'ddown ni â'r plant i whare.' 'Neith les i ti gymdeithasu,' medd un arall, yn hynod hynod ymwybodol o'i charedigrwydd. 'Ddo i â photel o win,' meddai'r drydedd, 'ddim i ti, wrth gwrs, fyddi di ddim moyn a tithe'n bwydo.'

Lawnt. Celfi gardd o'r dyddia pan oedd celfi gardd yn golygu rhywbeth i mi. Saith o blant sgrechlyd yn rhedeg yn rhy gyflym i bobman, haul, sgwrs rhwng tair, a gelen. Gardd ddiarth, lawnt ddiarth a charnau'r rhain yn ei phystylu. Catrin fynnodd 'mod i'n estyn y cylch tywod bach o'r sied.

'Da wyt ti, meddwl am y plant. Mi nei di fam dda,' meddai, yn y dyddia pellynôl, pellynôl.

Taswn i wedi bod wrthi 'run pryd â nhw, y pedair ohonan ni *in sync*, nid dim ond tair, falla fyswn i'n siarad hefo nhw rŵan am sgidia ysgol a gwersi nofio, am lau pen a rhegi, am Sudocrem a Siôn Corn. Ond roedd gen i fywyd, toedd, ystyr i godi'n bora, a fy swydd yn gneud i mi gario fy hun yn fwy hyderus fathataswni'n hofran dros strydoedd y lle 'ma, codi 'mhen y mymryn lleia'n uwch, yn fy sgert a fy siaced lwyd a'r flows fel maneg amdana i'n tynnu sylw, a 'sa jest 'run fath â taswn i'n brif weinidog yn hytrach na darlithwraig, fysa'r naill lawn cystal â'r llall a finna'n gwbod petha y dyddia hynny – ddeufis dri, drimis bedwar, bellbellbell yn ôl cyn Bethlehem – gwbod petha'n lle gwbod dim, awaethnadim, gredis i 'mod i'n gwbod bob dim, bob un dim, am lle dwi heddiw, do, am sut dwi heddiw, am be dwi'n neud, a hynny sy'n brifo fwya, y siom o wbod mor rong o'n i er bo fi'n argyhoeddblydiedig 'mod i'n reit, yr hen hyder hyll 'na wysg 'y nghefn at ryw fi oedd yn rhywun yn hytrach na neb.

Rŵan, mae gen i lawnt, fy lawnt i, a phedwar o blant yn rhedeg i bob cwr ohoni i guddiad lle mae 'na dyfiant, a darn o blastig glas siâp cragen o'r sied yn llawn o dywod a thri llai-na'r-lleill yn ista ynddo fo i neud yn siŵr bod y tywod yn mynd i'w gwalltia nhw, i fyny'u trwyna nhw, i'w clytia nhw rhwng bocha'u tina nhw, rhwng bysidd 'u traed nhw.

Pam 'dan ni'n mynnu gneud petha sy ddim yn hwyl, er mwyn creu llawar llawar llawar mwy o waith i ni'n hunain yn clirio ar 'i ôl o, a ddim yn mwynhau un eiliad ohono fo tra 'dan ni'n neud o? Dyna ydi pwll tywod. Dyna ydi lawnt. A dyna ydi dod at ein gilydd i ista tu allan ar ddwrnod sy 'mhell o fod yn ddwrnod ista tu allan mewn rhyw lwynog o haul a chymylau llwydion yn bygwth 'i guddiad o bob munud, yn rhynnu allan ar y lawnt a chelfi gardd anghyffyrddus o dan ein tina ni.

Gwely yn tŷ a rhain yn fama'n stopio fi fynd iddo fo. 'Sa waeth iddyn nhw fod wedi 'nghlymu i yma ddim, a hon yn gefeilio 'nhetha fi, a gneud i mi wrando ar lif diorffen eu clochdar am:

Pynciau
Rysgolfeithrin
Rysgol
Syrjeridoctor
Pwllnofio

Gwersigitâr
Gwersipiano
Gwersidrama
Gwersidawnsio

A'u hen safona nhw:

Safonau
Swni'didewisclytiaecogyfeillgar-ond-maegynnofogroen
    sensitiflawrynfanna,
Dwi'nmeddwlbodhi'nbwysigiddynnhwgaelysgolSul-iddyn
    nhwgaelneud'umeddylia'uhununfynywedyn,
'Dio'm'didechrasiaradSusnagetodiolchbyth,
Sdimbydynbodarfwydpotelond'wy'nfalchbofiwedineudyr
    ymdrechifwydohi'nhunan.

Dwi ddim, Gwawr. Dyna oedd yn y cynllun ges i gen y
fydwraig a fuo gen i 'mo'r nerth i newid o, 'na'r oll. Ac mae O'n
cîn, yn latsio ar y ffaith 'mod i'n 'i bwydo hi i dwyllo'i hun nad
ydi petha wedi cyrraedd y pen eto – *fedrith hi byth fod off 'i phen,
ma 'i'n rhoi titsan i'r babi!*
'Ti'n whare piano.' Mae Gwawr yn siarad i 'nghyfeiriad neu i
gyfeiriad y peth 'ma sy'n ista wrth y bwrdd plastig a pheth arall
yn sownd wrthi, y peth 'ma oedd yn arfer chwarae piano pan
oedd y peth yn rhwbath arall. 'Ti'n meddwl bod saith yn rhy
ifanc?'
Cwestiwn. Sgen i'm syniad be 'di'r ateb i fod. Dwi 'di colli
llinyn 'i rhesymeg hi. Saith be, saith mis? Dwi'n symud 'y mhen
i weld a neith hynny fy helpu i ysgogi rhywbeth tu mewn iddo fo
neith arwain at ymateb fydd yn gneud synnwyr iddi, ac i'r ddwy
arall. Maen nhw'n sbio arna fi, yn disgwyl
    ond mae Gwawr wedi carlamu yn ei blaen:
    'Benderfynodd e bod e moyn gwersi piano o'n i'n weld e'n

ifanc 'yn hunan ond wedodd Misus Handel roie hi wersi iddo fe'n saith a gweld shwt eith hi os yw e yndo fe mae e yndo fe medde hi a sdim lot o ymarfer yn 'i wa'd e ma fe'n conan bob tro 'wy'n gweud wrtho fe fynd at y piano…'

Tiwn. Os-ian! Doh fah. Osian! Doh fah. Osian! Lah-lah! Siarp.

'Cere i'r tŷ i ymarfer tam bach ma piano jyst fynna naf i ddim g'rando neith neb 'rando cere mla'n whare fe ma fe'n mynnu whare fe o'i gof a sdim raid iddo fe ma'r copi yn car ond so fe'n g'rando ma gyda fe wers nos fory a so fe wedi ymarfer ers echnos sdim mynd o gwbwl arno fe sai'n gweud so Misus Handel yn lot o help gweud bod e'n neud yn dda a raid bod e'n ymarfer bob nos a little does she know 'wy'n gweutho chi.'

Doh fah, doh fah, lah-lah! Lah-lah! Ac o'r diwedd mae o'n dod i gnesu ei chalon hi wedi'i wisgo mewn dihidrwydd wrth i'r ddwy arall neud synau canmol 'O, da 'dio' ar ôl 'Mr McFaraday's Jig' (pob cord cytgordus taclus yn sgrechian yn 'y mhen i) a 'Ma lot o siâp arno fe' ar ôl 'Dance of the Indians' (cordiau llai cytgordus sy'n tawelu rhywfaint ar y sgrech yn fy mhen) a'r geiriau canmol yn dechrau swnio'n llai brwd ar ôl y trydydd darn.

'Gradd dau yw hwnna ma fe'n mynnu whare pethe sy rhy anodd iddo fe…'

Dduda i wrtha chdi be, Gwawr, dos ag Osian, y piano a'r stôl biano adra efo ti, ffonia i Arwel Garej i ddod â'i fan, dwi'm isio piano, dwi'm isio Osian, dwi'm isio chi, ewch i gyd yn y fan. A'r stôl biano. Sna'm pwynt i stôl biano heb biano a dwi'm isio piano. Na'i sŵn o.

Sgrech o ben draw'r ardd. Mallt deirblwydd wedi disgyn, chwarae teg iddi am stopio'r piano – am eiliad – rhag rhugo 'mrên i allan drwy 'nghlustia i. Siân yn methu cuddio ofn dan dytian dibanic am hanner eiliad, dwi'n dy weld di, Siân, ac mae hi'n bachu, yna'n gwisgo'i chymdeithasgarwch amdani eto wrth glywed natur udo'i merch a barnu mai udo 'sgratsh-ar-goes' ydi o nid udo 'bys wedi dod ffwrdd yn y gwraidd, brath gan wiber, hitio pen a disgyn yn farw', ac mae udo ynddo'i hun yn arwydd o fywyd.

'Bach ydi Mallt,' meddai Catrin yn ei chefn. 'Ddylian ni'm gada'l hi o'n golwg. Ma Siân mor cŵl am y petha 'ma, 'swn i'n licio 'swn i mor cwl â hi. Bechod am yr hogan bach 'na gath 'i chipio, cofia, reit o dan drwyn 'i mam.'

'Mm' sy'n dod ohona i. Dwi'n trio peidio gwrando ond dwi'n cael trafferth peidio clywed.

'Licio'r enw Mallt,' meddai Catrin wedyn. ''Swn i'n licio 'swn i'n gallu rhoi enwa Cymraeg da ar 'y mhlant ond fysa neb yn Gaerdydd yn medru deud nhw a fedrwn i'm diodda clwad nhw'n ddeud o'n rong. Malt, fatha malt whisky...'

'Wisgi? Oes gynna ti beth?' Daw Siân heibio o ben draw'r ardd a Mallt yn crio baw pridd ar hyd 'i hwyneb a'i gwaed pridd hi'n dod allan o'i phen-glin hi, mond tamaid bach, ond dwi'n methu tynnu'n llygid odd' arno fo.

'Naci, deud bo ti'n ddewr yn galw Mallt yn Mallt, ddim bod angen i ti fod yn ddewr yn Llandeilo, ond fyswn i'm yn gallu neud yng Nghaerdydd, dyna pam fuo raid i ni gyfaddawdu ar Ceri a Ben.'

'Ma Ceri a Ben yn enwe lyfli.'

Mae Ceri'n saff a Ben yn Saesneg, ond wrandawodd hi ddim pan fynnodd hi ei enwi'n hynny: 'Mae Ben yn Gymraeg, siŵr,' meddai'r dwpsen, dwi'n cofio'n glir, 'fatha *pen* a Bendigeidfran.'

Ceri a Ben. Caerdydd-*proof*, digon hawdd i'w deud.

'Bendigeidfran ydi'i enw llawn o,' mae hi'n deud rŵan.

'Wir?' Hyd yn oed Gwawr yn methu cuddio'i sioc.

'Wel, ddim ar 'i dystysgrif geni o na ond 'dio'm ots be sy ar honno go iawn nag oes mond be dach chi'n alw fo sy'n bwysig a geith o ddewis ceith ma gadael iddyn nhw ddewis drosd 'u hunen yn bwysig geith o ddewis ydi o isio arddel y Bendigeidfran neu beidio a jyst aros yn Ben.'

Arddel. Gan 'i gŵr gath hi hwnna. Athro. Defnyddia ddeg gair Cymraeg newydd yn gywir mewn brawddeg a mi ffwcia i di.

Mae Siân wedi gofyn cwestiwn i fi 'nglŷn â geith hi fynd i'r gegin i ddabio'r pen-glin yn lân, a dwi'n trio trio trio ffindio rwbath i'w hateb hi ond dwi'n dal ddim yn siŵr be dwi fod i ddeud – ac mae hi'n mynd be bynnag heb ddisgwyl ateb, felly dwi'n iawn, a dwi'n teimlo rhyddhad yn anadlu allan ohona i am hanner eiliad.

Does gan yr elen ddim enw eto a dwi'n rhedeg allan o chwe wythnos i rejistro'i bodolaeth hi. Dyna pam mae'r tair yma, wrth gwrs, i drafod enwa a gweld oeddan nhw'u tair yn iawn yn meddwl bod methiant i enwi'n arwydd fod petha ddim yn iawn 'ma, fyny stâr, motsh be sy yn y ffenest. A dwi'n cadw'r ffenest mor rhydd o lanast â dwi'n medru, drwy beidio deud rhyw lawar, jyst gwenu'n hafaidd braf fatha taswn i wedi 'ngeni i ista allan a gelen yn tynnu 'nhu mewn i allan ohona i.

Clomp clomp (clomp llaw chwith Osian ar C a G drwy ffycin 'McFaraday's Jig' yn bygwth 'y myddaru er ei fod o yn y tŷ a ninna tu allan, a finna fod i glywed lleisia'r rhain) ond mae'r rhythm, ddim yn berffaith ond yn barhaol, clomp clomp ei law chwith yn dyrnu unrhyw soniarusrwydd fuo yn 'y mhiano i erioed allan ohono fo, a mistêcs ei law dde fo (G ddimFytwatsynbachtonedeaf), ailadrodd mistêcs fathag artaith waeth na dim fysa gynnyn nhw'n Gwantanamo. Dos yn ôl i 'Dance of the Indians' o leia does 'na'm ots os ti'n neud y noda rong yn honno.

Tasa gen i nerth fyswn i'n codi ac estyn yr elen i un o'r tair a mynd fewn 'na'n ddistaw tra mae o'n powndio'r stwffin o'r offeryn a dod fyny tu ôl iddo fo a slamio'r caead lawr ar 'i fysidd bach precôshys o nes bod yr esgyrn ym mhob un yn mynd CRAC mwy soniarus na dim mae o 'di chwarae erioed a neith o byth byth fynd yn agos at biano eto tra bydd o byw ha ha ha ha ha ha ha.

'Fyny iddyn nhw yn diwadd, tydi, nhw sy'n goro byw efo'r enwa. Be nath i ti alw Mallt yn Mallt?'

Sgynnyn nhw ddim syniad be sy yn 'y mhen i. Ac mae 'na deimlad braf yn hynny. Maen nhw'n gweld rhyw dwtsh o ddidorethrwydd, falle'n seiliedig ar damed bach o'r *blues*. Tasen nhw'n gweld tu mewn 'y mhen i fe ddychrynen nhw pa mor ddu ydi o, pa mor gyfan gwbwl ddu. A chymaint o waith ydi neud synnwyr o'r geiria i gyd sy fatha tasan nhw'n dod yn rhydd o'u brawddega wrth fynd i mewn drwy 'nghlustia i, yn dadwreiddio, a mynnu 'mod i'n gosod trefn arnyn nhw tu mewn, tasan nhw ond yn gwbod.

'Licio fo.'

'A finne,' gan Gwawr sy'n gweld rhyw ddysgl yn bownsio siglo ar ymyl rhyw fwrdd, ac mae Catrin hefyd wedi camu 'nôl rhag sathru ar y *dahlias*, rhag cachu yn y cawl, ac yn newid ceffyl: waeth iddi fynd yn ôl i'r hen un ddim, yr hen hen hen hen geffyl pren – dan-ni'n-llawn-fwriadu-symud-o-Gaerdydd. Dyma fo'n dŵad, fatha chwd –

'Ond 'dan ni'n bwriadu symud allan o Gaerdydd cyn i'r plant fynd rhy hen, a fydd pawb yn medru deud Bendigeidfran yng nghefn gwlad Cymru, byddan.'

'Lle chi'n meddwl ewch chi?'

'Dwi'm yn gwbod eto, rwla fatha fama.'

Lle 'di fama…? Rhaid bod o'm yn bell o lle maen nhw wedi dŵad. Fi sy'n byw 'ma, fi ddylia wbod lle ydw i. Llandeilo. Ia siŵr, lle i bobol sy'n rhy dda i fagu plant yng Nghaerdydd ddod i fridio. Llandeilo ers blwyddyn rŵan, fi a fo, 'lle da i fagu teulu'. Dyna ddudodd o hefyd, dwi'n cofio rŵan, a dyna ddudodd y peth 'na oedd yn fi, gwbod y cyfan.

O'n i'n deud yn union yr un petha â'r rhain! *Fel'ma o'n inna'n siarad hefyd!*

'Ga i fod yn agos atoch chi'ch dwy wedyn, caf,' mae'n sbio arna i a Siân.

'Cei,' medd Siân a mi wena i, dyna fo.

'A gawn nhw glywed Cymraeg bob dydd o'r flwyddyn yn lle mond adra efo Julian a fi a be maen nhw'n gael yn rysgol byw mewn cymuned Gymraeg go iawn a pawb yn nabod 'i gilydd.'

Mae Siân yn mynd yn ôl i mewn i'r tŷ i roi rhagor o ddŵr ar 'yn lliain sychu llestri John Lewis neisia i – rhyfadd sut dwi'n cofio o lle ces i'r lliain a phrin yn cofio be oedd y frawddeg ddwetha ddudodd un o'r rhain – fatha tasa hi heb sychu penglin Mallt yn dwll yn barod a throi'r bloda bach ar y lliain yn un stremp brown ond fyswn i'n madda iddi tasa hi'n rhoi tro yng ngwddw Paderewski wrth basio.

'Beth newch chi alw hi 'te?'

Mae Gwawr wedi llithro'r cwestiwn mawr i mewn heb i Catrin na fi ei weld o'n dod ac mae hi wedi fy llorio i. Unwaith eto mae'r geiria heb fod yn sownd wrth 'i gilydd ond dwi'n gwbod be 'di'u hystyr nhw tro yma a tasa hi'n 'y ngweld i'n ysgwyd tu mewn yn crynu fatha rwbath ddim yn gall tu mewn fysa hi ddim wedi gofyn, fysa hi ddim wedi bod mor greulon â gofyn. Mi dria i 'ngora i ailbastio 'ngwyneb mlaen, ond mae ffracsiwn o eiliad yn ddigon iddi fod wedi gweld effaith y cwestiwn yn syth.

Dwi heb foddran ateb pan ddaw'r cwestiwn dros y ffôn – ar yr adega pan mae o wedi mynnu 'mod i'n siarad efo nhw'n lle neud esgus – mond prynu amser, gohirio, amhendantrwydd fel dwfe amdana i. A heddiw, cyn hyn, mae 'na daro bys bach troed i fôr cudd yr hyn sy tu mewn i mi nad yw i'w rannu: wrth gyrraedd 'Sgynnoch chi'm enw eto?'; wrth ei chymryd am gwtsh bach, 'Oooo, www, lyfli, fydd raid iddi gael enw'; tynnu coes 'Dach chi'n rhy besotted i'w henwi hi hyd yn oed.'

(Mae Osian yn bangio'r piano wrth fethu – ar ôl trio ffwcin ganwaith – cael darn o'r darn gradd dau sy-rhy-anodd-iddo-fo yn gywir. Bangia di. Well gin i fangio na'r ffwcin jig 'na.)

'Sgynnoch chi'm unrw syniad o gwbwl?' hola Catrin.

Ei henw hi ydi'r peth dwetha'n fy meddwl i a fo, cadw i fynd o un dwrnod i'r llall, fo gymaint â fi a finna'n 'i ddraenio fo o egni efo 'nghrio fy nghwyno fy ingo, ei henwi hi wir, ma'i chadw hi'n fyw yn gymaint ag y llwydda i 'i neud a ma'r syniad 'mod i'n ei chadw hi a fi fy hun yn fyw yn rhoi'r tamaid bach lleia o falchder i fi am nanoeiliad, yr orchest! Ei chadw hi a finna'n fyw, os ydw i'n fyw, ryw ffordd o fyw, a 'mhen i'n stwmp fel hyn, ond dwi yma, mae hi yma, yr…

'elen.'

Www! Ia! Hwrê! Ma gynnoch chi un felly! O, 'na neis! Licio fo! Bendigedig! Elen – *neis*! *Lyf*-li!

Mynegiant mynegiant mynegiant a finna'n trio 'ngora i wenu i nodio i godi ysgwydda – mi neith y tro – a normal normal dwisio cysgu dwisio marw dwisio'i chau hi mewn Bacofoil a'i rhoi hi yn y ffwrn 'sa werth iddi wedyn tamaid blasus o gig, Catrin? Siân? Gwawr? Dowch wir, mae o'n lyfli mae hi'n lyfli, 'di gneud yn *lyf*-li!

'Dowch, blant, dowch i ddeud helô wrth ELEN!'

Yn y pwll tywod dan draed mae'r rhai lleia'n stwyro a'r rhai mwya'n clywed o'r pen pella yn y pridd a heidiant fel gwylanod traeth i 'nghyfeiriad â'u pridd a'u tywod isio swsio'r elen.

Fydd o'm yn gwbod be fydd wedi'i hitio fo na hi. Doedd Elen ddim ar y list pan oedd hi, pan o'n i, yn llawn babi a bwriadau. Pan oedd hi, pan o'n i, y fam ora'n-y-byd ac yn mynd-i-neud-popeth-yn-berffaith-fel-erioed-ac-yn-gwbod-mwy-na-neb.

Dwi'n gwbod dim. Mond 'mod i – be ydw i? – wedi mynd. Am byth. Amen.

Dônt â'u tywod ata i i swsio tywod am ben yr elen, arna i, a dwi'n trio 'ngora glas i neud y syna iawn i neud y symudiada iawn i adael iddyn nhw 'nhrochi i â'u budreddi gardd snotllyd, tywod a phridd.

'Fysa Elen yn iawn yn Gaerdydd.'

Dos â hi yno efo ti 'ta. Rŵan hyn, a mi arosa i fama. I be 'swn i'n mynd i Gaerdydd i fod fatha ti i awchu am gael dod o 'no am bod awchu'n swnio'n debyg i rwbath ti'n feddwl ddyliat ti neud?

'Osian! Ty'd i weld Elen! Siân! Maen nhw 'di cael enw!'

Ac mae'r piano'n stopio diolchidduw, yn un jangl yn llai yn 'y mrên i be sy 'na ohono fo. A daw Siân o'r tŷ a'r lliain sychu llestri'n colli dagrau o ddŵr o'r tap ar lawr y patio damia-i a chlywed y newyddion da o lawenydd mawr. Enwyd y babi!

'*Licio* fo!' anferth o fawr fatha tasa fo'r enw gora a fu erioed a damia na fysan nhw wedi meddwl amdano fo, mi fysa fo'n berffaith, a neb angen unrhyw enw arall erioed byth gawn nhw i gyd fod yn Elen.

Tybed fydd o'n meddwl 'i bod hi'n well, wedi dod allan o dan ddwfe'i diflastod, wedi diosg y tywyllwch sy wedi bod amdani ers chwe wythnos, wedi rhoi heibio – fela! – y crio a'r drysu a'r udo gwallgo, y parablu gwallgo, y sgrechian methu-diodda-mwy: gewch chi ddod eto'ch tair, dech chi'n amlwg yn neud byd o les.

''Na ddigon o swsys rŵan!'

Diolch, Siân. Gei di golli dŵr dros y llawr a baeddu pob un o'n llieinia sychu llestri John Lewis i am hynna.

A graddol symuda OsianCeriAlawMallt-TelorEurgainBen yn ôl oddi wrthi oddi wrtha i i fi gael anadlu eto.

Yr unig beth dwi wedi llwyddo i neud sy 'run fath â be o'n i arfar neud ydi anadlu. Ddim 'run fath ag o'n i arfar 'i neud o, ond anadlu o rwfath ta beth. Bod. Dal ati i fod. A dal ati fel peiriant i fwydonewidcariocysuromagubwydonewidcario cysuromagubwydonewidcariocysuro'n oesoesoeddamen.

'Gei di routine yn diwedd,' oedd Siân wedi'i ddeud dros y

ffôn a hitha (finna) wedi hwffio, duw dwi'n iawn, ddim fi 'di'r fam gynta erioed, 'fe whili di batrwm.'

Wyddwn i ddim bod gen i batrwm nes i fi'i golli fo. Ond mi oedd. Patrwm cymhleth cynhwysfawr brithliw cywrain yn llawn o fyd ac yn llawn o fyw, gwaith gwaith gwaith a'i amryfal liwiau drwyddo i gyd yn esgyn yn blodeuo yn tyfu yn chwyddo yn ymgyrraedd at frig y clytwaith coeth, a byw wedyn, yn lledu am allan dan reolaeth fy mhatrwm i.

A rŵan – sbloj pob lliw'n cymysgu'n dywyll dywyll gwaeth-na-du mwy-fel-baw, fatha'n lliain sychu llestri John Lewis i. I. I!

IIIIIIIIIIfifififififififififififififififiafiafiafiafiafiafiafia'rfia'rfia'rfia'r fia'r

Mae 'na gwmwl llwydach wedi gwthio'i ysgwydd rhyngom a'r haul. Cwmwl fel dynes hardd yn gorwedd ar ei chefn a'i hwyneb cain fel cerflun, dynes ifanc yn gorwedd, yn cysgu?, yn huno?, yn farw, ifanc-farw fel y ddynes yn y llun, *lady of the lake*, 'ta Ophelia, 'ta be?

Ond dydi hi ddim yn aros yn hir

mae'n newid yn crebachu'n heneiddio o 'mlaen i, yn llurgunio'n hen ddynes yn ei harch rŵan, a phigau ei ffurf yn miniogi nes troi'n wrach hagr hyll bigog

yna mae'r cwmwl yn ymfochio eto o'i bigau'n fwnci yn ei arch rŵan, yna'n epa, 'nôl 'nôl i'r fan lle daethom nad yw'n fan am fod man yn llonydd a rŵan

dydi o'n ddim byd ond cwmwl eto.

'Mae'n debyg i law,' medd Siân.

Mae'n debyg i unrhyw beth wyt ti isio iddo fo fod, dwi'n meddwl am y cwmwl, ond dwi'n deud dim, dim ond gwenu, fi a fy ngelen yn sownd wrtha i.

'Dewch i'r tŷ, mae'n oeri,' a chyn i fi na'r ddwy arall ateb, mae'n gweiddi ar y plant, 'Dewch i'r tŷ, mae'n mynd i fwrw glaw. OsianCeriAlawMallt-TelorEurgainBen! Dewch!'

Ufuddha'r rhai ufudd oll i gyd ond fedra i ddim symud.

Mae Siân fel pe bai hi'n sylweddoli ac yn estyn yr elen o 'mreichia i i fi gael codi i fi gael ufuddhau a'u dilyn nhw i gyd i'r tŷ.

Ddaw'r plant ddim yn ufudd, rhaid eu hel, rhaid eu hysio, rhaid eu llusgo a'r cymylau'n llwydo, cymer ddeng munud da iddi gael ei ffordd a chau pawb yn y tŷ

ac wrth hel yr ola drwy'r drws, mae hi'n gweld nad ydw i wedi gwrando, 'mod i'n dal yno'n ista yn fy nghadair gardd, a 'ngwên i efo fi. Mae'r elen efo Gwawr, caf ddeall, well i finna fynd i'w dilyn, mae'n mynd i fwrw glaw a wir, mae dafnau bach bach yn pringyffwrdd â 'ngwyneb wrth i fi wenu arni.

MAE'N MYND I FWRW GLAW!

Ni symudaf.

'Ty'd o 'na, ma pawb yn tŷ, ti'm isio g'lychu!'

Sgin i'm fath beth ag isio na dwi'm isio, ysu 'di hynny a dwi'm yn ysu rhagor, dwi'n bod, os ydw i, dyna i gyd. Yma, os ydw i

rhagor o ddafnau bach yn gwlitho 'ngwallt, a rhaid bod Siân bellach yn teimlo'r rhwyd wleb ar ei gwallt hitha, mae'n cynhyrfu:

'Be sy'n bod arnat ti?'

Dim byd, dwi 'run fath â gynna, 'run fath â dwi 'di bod ers iddyn nhw fomio cyrraedd ar 'y nhraws i pryd oedd hi, gynna, oria'n ôl, pryd bynnag, a gwên ar 'y ngwefusa i a dwisio'r glaw, yn fwy na dwisio twyllo'r rhain 'mod i'n fi, dwisio iddo dasgu i lawr, yn ffrydia, a chreu llif ac erydu, gadael ei farc go iawn, dwisio iddo fo grafu'r ddaear, ei rwygo, pannu'r tir nes 'i fod o'n gwaedu, dwisio iddi fwrw nes 'mod i'n brifo

a dyma fo'n dod a hitha 'di cholli hi rŵan, 'di colli'r neisineisrwydd, ac yn methu cuddio'i gwyneb sy'n deud 'Ti'm yn gall, 'na fo, ddudis i, *ddudis* i'n do, dydi hi'm yn gall, ma twtsh arni ers iddi ga'l y babi 'na, ma 'i 'di mynd yn rhyfadd, a pawb yn deud *gad iddi, mae'n iawn, ma ca'l babi'n sioc i bawb, newid ni gyd, a drycha arni, dydi hi'n neud dim byd o le.* Wel sbiwch arni rŵan! Sut medrwch chi ddeud bod hi'n gall a hitha allan yn glaw'n cau dod fewn, tasa hi'n Eurgain neu'n Telor neu'n Mallt, fyswn i'n medru rhesymu efo hi ond y cwbwl sy isio ar hon ydi slap.'

Neith hi ddim, wrth gwrs, neith hi ddim rhoi slap i fi, na deud dim o be sy ar 'i meddwl. Does gynni 'mo'r gyts i chwalu'r gêm. Mae hi'n gwasgu ei hwyneb 'nôl i ffurf y gêm, heb lwyddo cweit, a deud

''Na di be tisio, dwi'n mynd fewn'

a 'ngadael i allan ar ben fy hun yn y glaw, o am ryddid! Fi fy hun yn y glaw, sgen i'm ffagotsen o ots os 'dan nhw'n sbio arna i drwy'r ffenest, dwi yma, dwi'n 'i deimlo fo. Dyna i gyd oedd ei angen ma'n rhaid oedd rwbath i neud i fi deimlo, a dyma fo

glaw sydyn calad neud stremps o 'ngwallt i glaw pigog glaw fatha chwistrelliad o rwbath yn llosgi 'nghroen i glaw'n treiddio drwy 'nillad i glaw'n gôt amdana i glaw'n gafael amdana i glaw fatha gofal fatha mam i amddifad yn llyfnhau yn cofleidio yn golchi'r holl fudreddi glaw digyfaddawd fatha cariad diamod dilyw gora oll yn gneud 'y nhu allan i fatha 'nhu mewn i'n wlyb waedlyd, ddyfrllyd, llaethog wlyb, fatha llyfiad, fatha sychu gwaed o friw, fathag 'o bach' fatha llaw glaw llaw glaw llaw anwes gynnes drosta i drwydda i a dim byd ond 'i sŵn o ar y ddaear arna i

mi goda i, mi a' i allan i'r lawnt, i ganol y lawnt i'w gael o i ddisgyn arna i gymaint ag y galla i ohono fo, y nefoedd sy'n datgan go iawn, neu os nad y nefoedd yr atmosffer a thu hwnt i hwnnw wedyn, petha mawr mawr fatha gofod a phell bell fatha sêr mor fawr, mor bell a finna'n fama'n ddim o beth yn ddim byd o gwbwl o fach

dwi'n cael nerth i godi o'r gadair gardd a chamu'n rhydd i'r lawnt wleb a'r pridd dani'n troi'n hylif i fynd yn un â fi hylif, sna'm ots – camaf i ganol y lawnt, sna'm ots – trof â 'mreichia ar led a fy wyneb at y llif; sna'm ots – chwyrlïaf, sna'm ots sna'm ots sna'm ots sna'm byd ots fi fo hi, o gwbwl ers y dechra un, mots mots mots –

isio fi ga'l ots maen nhw isio fi deimlo isio fi otsio, a dwi *yn* teimlo'r glaw!

Nhw.

Maen nhw'n 'y ngweld i'n troi a throi a throi a botymau 'nghrys i'n gorad lle buodd yr elen yn fy sugno i allan ohona i'n hun ond sna'm ots

(mae'r pry bach tew yn chwerthin a chwerthin, chwerthin a chwerthin, ond does 'na neb yn gwybod!)

a dwinna'n chwerthin a chwerthin, chwerthin a chwerthin nes bod 'yn ochra fi 'y ngên i 'y ngheg i'n brifo i fynd efo brifo piga glaw fatha trydan o frifo, trydan sy'n gneud i mi droi a throi yn fy unman a 'mreichia ar led nes bod y rheiny'n brifo hefyd fatha melin wynt ar ongl fatha cylch fatha Blodeuwedd ddiwreiddia fatha pwll tro

a daw hyrddiad arall efo ryw wynt o rwla i 'nhroi i eto nes 'mod i bron â baglu dros 'y nhraed i'n hunan, bron â tharo'r pwll tywod sy'n llaid bellach hahahahaha McFaraday, dawnsia fathag Indiad Coch i ddenu'r glaw

yna mae o'n llacio a dwi'n gwbod 'i fod o'n dechra dod i ben bron mond newydd ddechra er 'mod i'n 'lyb at 'y nghroen ac yn chwythu anadlu'n gyflym ar ôl troi

llacio llacio, ty'd ty'd dwisio mwy, ty'd i lawr arna fi, ty'd i mewn i fi, ty'd i fi gael para i deimlo, fath ag o'n i'n teimlo cyn i rywun dynnu 'nhu mewn i allan a'i roi o'n swp yn 'y mreichia i am weddill 'yn oes

lle wyt ti? Paid llacio.

Plygaf fy mhen yn ôl i edrych edrych a gweld clwt o awyr las yn lle llwyd yn dod i'r golwg i fygwth y glaw â'i hen belydrau i flêr-sychu'r dafna 'sa dda gen i 'i gweld hi'n bwrw glaw am byth ond mae o'n dod i ben a finna'n chwythu ar y lawnt, waeth faint o ysu wna i amdano fo.

Mae'r tair yn y drws, ofn rŵan, ofn yr anwybod, yr anghyffyrddus. (Anghyffyrddus yn waeth na dim meddai un wrth y llall sy'n marw o ganser, sna'm byd yn waeth na bod yn anghyffyrddus.) Maen nhw'n syllu, heb fentro, ac mae gan Gwawr garthen i'w gosod drosta i, mond bod hi'm yn mentro ata i. A dwi'n chwerthin eto fel y pry bach tew iddyn nhw gael gwbod 'mod i'n medru, 'mod i wedi teimlo rwbath

a dyna pryd mae 'mronna i'n 'i chlywed hi'n crio tu mewn yn rwla yn 'i *moses basket* debyg, y plentyn yn yr hesg, a dwi'n gwbod bod nhw'n clywed, er 'y ngwaetha i, am bod nhw'n dechra llifo llaeth dwtsh bach i gymysgu efo'r glaw ar 'y nghrys i, ac maen nhw'n boeth boeth isio'u gwagio eto er mai gwagio gwagio dwi'n neud drw dydd bob dydd a nhwtha'n llenwi llenwi'n groes i reswm

ac mae 'nghlustia i'n 'i chlywed hi hefyd fatha tasa rhywun yn fflosio 'mrên i efo weiar bigog 'nôl a mlaen 'nôl a mlaen nes gneud i 'nghoesa fi symud at y tŷ fatha robot mond bod 'y nhu mewn i'n sgrechian yn wahanol iawn i robot a 'nghroen i'n dal i fwynhau'r glaw arno y glaw sy wedi dod i ben.

'Wyt ti'n iawn?' Gwawr, fatha tasa hi'n gweld rywun diarth diarth, a finna wedi dechra nabod fy hun ar ôl chwe wythnos o fethu.

Hola Siân – fysa hi'm yn well iddi'i ffonio fo yn 'i waith, iddo fo gael dod adra ata i, a dwi'n llwyddo i ddallt be mae hi'n ddeud yn syth, a gwrthod yn syth, gan gamu'n ysgafn dros y lawnt i'w cyfeiriad, yn dal i chwythu, ond yn teimlo'n ysgafnach ac yn llawnach 'run pryd fatha pluen eira'n cofio bod ganddi batrwm.

''Sa well ti...' dechreua Catrin heb wbod be 'sa well i fi neud.

'Tynnu'r dillad g'lyb 'na,' gorffenna Gwawr drosti.

Ma'u meddylia nhw'n bobman, penna-mama-cotyn-wl bob un.

Mae hi'n dal i grio tu mewn a 'run o'r tair yn mynd i ddod â hi ata i, 'dan nhw'm yn cofio amdani, ma raid. A dwi'n teimlo'r magned yn fy sugno i gyfeiriad y drws fatha dwy fraich fawr yn fy nhynnu, chlywa i mo'r tair, dwi ond yn clywed crio babi yn y tŷ, a'r ddwy fraich fawr, dwy fraich flonegog, gariadus, gofleidgar, ofalus, yn fy nhynnu ati drwy wydr drwy walia drwy ddur, breichia dwi'n gofio'n estyn amdana i'n crio'n fach cyn i fi fod yn fi, a breichia sy'n newydd i mi rŵan hefyd, yn fy sgubo i'r tŷ, yn fy sugno tuag at y fi fach arall cyn iddi fod yn hi sy'n crio amdana i, am fy mreichia i.

Ysgubaf i mewn ati. At Elen.

Ddynes

G ES I FFRIND bach newydd llynedd. Nath e fyd o les i fi. Dynnodd e fi mas o fi'n hunan. A ma raid gweud, dynnodd e Seimon mas o fe'i hunan 'fyd.

Oedd wir angen neud 'ny ar y ddau 'no ni, nawr bod y ddau grwt wedi mynd a'n gadel ni, a'r ddau 'no ni ar ôl fel dwy farblen mewn horsbocs, fe un pen i'r ffarm a finne pen arall yn ffili clywed 'yn gilydd yn siarad.

Ma raid bod e wedi cyrra'dd tua'r amser doth Lisabeth Bryngwyn Hen draw i'r tŷ.

Mas yn helpu i hela'r gwartheg i'w godro o'en i, fi wrth 'u penole nhw 'da Siani'r ast a Seimon yn cadw nhw rhag troi i'r ca' dan tŷ ac yn gweiddi tu bla'n.

Nawr'te, y'n ni'n byw lawer rhy bell o bobman i ni ga'l fisityrs yn amal. Ma'r postman yn dod lan ran fwya o foreue wrth gwrs, 'da bilie ac adfyrts a phost wast arall, a Seimon yn 'i regi fe yn 'i gefen cyn iddo fe weld beth sy 'da fe hyd yn o'd, ond dyw Seimon ddim yn amal yn rong: bilie a stwff Asembli yw'r cwbwl lot. Sdim byd neis yn dod drwy'r post heblaw cardie Dolig y bobol sy'n tynnu llunie 'da bysedd 'u tra'd unweth y flwyddyn, sy'n safio fi rhag goffo prynu cardie Dolig whare teg.

A ma cerddwyr yn pasio i fynd dros y banc ar ddwrnode ffein achos bod dim dewis 'da ni am fod llwybyr cyhoeddus 'na, a dim ffordd o'i newid e, er bod Seimon wedi trial unweth neu ddwy. 'Yn hunan, welen i 'i golli fe, raid gweud. Dyw'r cerddwyr byth yn dod mor bell â'r tŷ, nag o fewn pellter clywed hyd yn o'd, heblaw bod yr awel o'r môr, ond 'wy'n lyco gweld bobol o bell. Pellter codi llaw math o beth. Jist codi calon rywun rwffo.

O'en i ddim yn disgwyl gweld Lisabeth yn dod tuag at y tŷ cyn naw o'r gloch y bore. Yn un peth, o'en i wedi twlu hen grys i Seimon amdano fi, a hen drwsus rhacs am y pen-glinie. Oedd 'y ngwallt i fel tas wair a dim llyfad o grîm ar 'y moche coch i, oedd yn mynd i deimlo'n debycach i leder na croen wrth i fi fynd yn hŷn.

'Beth ma hon moyn nawr?' whyrnodd Seimon, fel 'se Lisabeth druan yn dod i'r golwg o drws nesa dros ben y banc bob yn eilddydd yn hytrach na'r unweth bob cwpwl o flynydde oedd yn agosach at y gwir.

Gadawes i iddo fe ddod 'nôl at benole'r gwartheg i'w hordro nhw fewn i'r parlwr godro, a brasgames inne draw at y tŷ.

'Cadw'n iawn?' gwenodd Lisabeth yn ddigon serchus arno fi nes neud i 'moche i losgi.

Llynces 'y mhwyri a thrial anadlu'n ddeche. Oedd hi'n sbel ers i fi offo siarad 'da neb, chi 'mbo, yn gymdeithasol.

'Wy'n gallu siarad yn itha dyalladwy 'da Seimon, a 'wy'n siarad yn rhwydd reit 'da'r anifeilied, ond yr eiliad 'wy'n dod wyneb yn wyneb 'da rhywun diyrth ma 'mherfedd i'n troi tu whith, a hinny wedyn yn rhoi mwy o gwlwm ar 'y nhafod i, a'n bygwth neud i 'moche i droi'n biws a hwthu lan.

O'en i'n ymwybodol bo fi'n 'i chadw hi mas o'r tŷ, achos oedd Seimon wedi bod yn tynnu gyts injan y tractor bach dros y llawr, a fe na fi ddim wedi breuddwydo 'se neb yn galw.

'Eden,' atebes 'n ddigon deche. 'Dwrnod ffein,' gan obeitho bydde hinny'n cyfiawnhau pido â'i gwahodd hi fewn.

'Meddwl bo fi ddim wedi'ch gweld chi yn y capel ers rhei miso'dd nawr.'

Damo bobol capel, feddylies i. Chi'n mynd 'na ore gallwch chi, digon i bobol bido dod draw i fusnesa, neud beth sy raid, ond ma'n nhw wystyd moyn mwy: cymdeithas y whiorydd, pwyllgor gymanfa, merched te capel… sdim diwedd.

Alla i iste'n capel a gwrando ar bregethwr gystal â neb, ond ma'r menwed wystyd ise chi'n bart o bethe, moyn gwbod 'ych perfedd chi, a 'wy ddim fyla. 'Wy'n dychmygu nhw'n edrych arno fi, yn torri twll yndo fi, a siarad yn 'y nghefen i. 'Jiw, jiw, ma raid bod hi'n ddwrnod mowr, ma gwraig Cesel Ucha mas!'

A do's byth digon i ga'l. Ewch chi i un cyngerdd neu bwyllgor neu gyfarfod, a ma'n nhw fel gwenyn o' bitu chi wedyn, yn trial 'ych tynnu chi, 'ych pwsio chi mla'n i'r cyfarfod neu'r beth bynnag nesa. Na, ma dangos 'y ngwyneb lond llaw o withe'r flwyddyn yng nghefen y capel yn hen ddigon i fi, diolch yn fowr.

'Naddo… cneifo, torri gwair…'

'Ie. Ma 'i'n adeg fisi.'

Dyw ffarmo a Christnogeth ddim wystyd yn mynd law yn llaw, yn enwedig amser wyna, er mai mas yn y ceue ac yn y cloddie ac ar frige'r coed ma Duw yn byw i fi.

Ma Seimon lawer mwy sosial na fi, cofiwch. Ma fe'n goffo bod. Rhwnt mynd i'r mart, a lawr i'r *farmers' merchants*, i'r banc, a hibo i'r siop, whare teg iddo fe, i godi'r siopad 'wy'n ffono lawr, ma'r landrofyr yn ca'l owting yn itha amal.

Beth bynnag, i dorri stori hir yn fyr, dod i ofyn fydde 'da fi ddiddordeb mewn mynd i Merched y Wawr oedd hi.

Pam na wedes i 'na' ar 'i ben?

'Wel, 'wy ddim wedi bod erioed,' atebes i, heb wbod yn iawn beth o'en i'n feddwl wrth 'ny.

'O! Dyw hi byth rhy hwyr i ddachre,' medde Lisabeth, yn union fel 'se 'i wedi ca'l yffach o syndod bo fi heb weud 'na' ar 'i ben.

''Wy'm yn gwbod,' medde fi gan gamu 'nôl mor gwic â gallen i. 'Ma 'i'n fisi 'ma, a Seimon angen pob help all e ga'l.'

Erbyn bo fi'n gwbod lle o'en i, oedd hi wedi sgwennu'n enw i ar garden aelodeth a gweud bod hi'n edrych mla'n i 'ngweld i yn Jam a Tshytnis Mary Gwarmynydd y noson wedyn.

Redodd hi raglen y flwyddyn drosta i fel gyr o fustych

clemiog, ag oedd 'da fi ddim o'r nerth i weud dim byd, dim ond gadel iddi.

'… a cino yn Llew Du Tal-y-bont i fenni'r flwyddyn. Dewch wir, ma fe'n esgus da i ddod mas o'r tŷ,' medde hi, yn ewn reit.

Allen i fod wedi gweud wrthi 'Lle chi'n meddwl 'wy'n treulo 'nyddie, ddynes fach? Chi'n meddwl bo fi wedi ca'l y boche coch 'ma drwy iste'n rhy agos at y tân?'

'Drychwch,' wedes i yn lle 'ny, 'dala i'r tâl aelodeth, ond 'wy ddim yn addo alla i ddod.'

Gise hinny wared arni, feddylies i. Arian, 'na'r cwbwl ma pawb ise yn y bôn.

Godes i'n llaw arni wrth iddi anelu 'nôl dros y banc, a fues i bron â thwlu'r garden aelodeth i'r bin yn y fan a'r lle. Ond stopodd rwbeth fi. Yn lle 'ny, r'es i hi yn 'y mhwrs, yn y boced fach 'na ar gyfer carden banc a chardie aelodeth, i fi ga'l 'i gweld hi a gweud wrth 'yn hunan ''Wy'n aelod o Ferched y Wawr', er bod 'da fi ddim mwy o fwriad mynd aton nhw nag oedd 'da fi o ffenso'r ca' dan tŷ a dachre cadw lamas.

Oedd dim sicrwydd o fath yn y byd y bydde Seimon yn fodlon mynd â fi lawr i'r pentre yn y landrofyr ta beth. Ma fe wedi 'ngwahardd i rhag 'i dreifo hi achos bo fi ddim yn ffit. Bases i 'nhest flynydde 'nôl, cyn i ni briodi. 'Na i gyd ges i gyfle i neud cyn i ni briodi. Oedd 'y nhad, gwyn 'i fyd e, yn 'i seithfed nef, a 'chydig wydden i fydde fe'n iwso'i dicet un ffordd 'na i gadw cwmni i Mam cyn pen blwyddyn.

Ond landrofyrs sy wedi bod 'da Seimon ar hyd yr amser, wedyn achos bo fi ddim yn ffit i'w dreifo nhw, 'wy ddim wedi dreifo dim byd ond y tractor bach ers blynydde mowr.

Ofynnes i iddo fe fynd â fi lawr, a gredes i gise fe harten wrth 'y nghlywed i'n gweud lle o'en i'n mynd.

'Alli di neud dy jams a dy jytnis adre, ddynes,' wedodd e. 'Esgus i fenwed ddod at 'i gilydd i gosipo fel haid o wydde, 'na i gyd yw rhyw ddwli fel Merched y Wawr.'

'Sen i'n rhywun arall, fydden i wedi'i gusanu fe.

''Wy'n cytuno,' medde fi. ''Wy ddim yn credu a' i.'

'Jiw, jiw, na. Cere. Cere i ddysgu shwt ma neud nhw'n *iawn*.'

Damo, feddylies i. Oedd hwylie anarferol o dda ar Seimon a finne heb gownto ar hinny.

Dreules i hanner y dwrnod wedyn yn gweld beth oedd 'da fi oedd yn ddigon da i wisgo. Un ffroc capel sy 'da fi, a fydde bobol y pentre'n meddwl bo fi'n byw yndi os na wisgen i rwbeth arall.

Ffiles i fyta cino, heb sôn am swper. Fforses i bishyn o fara heb fenyn lawr tra bo fi'n neud caserol i Seimon.

Oedd neb tu fas i'r neuadd, wedyn oedd raid bo nhw i gyd tu fewn yn aros i 'ngweld i'n cerdded fewn – gwraig Cesel Ucha! Drychwch! Ma moch *yn* hedfan!

Ond erbyn i fi gerdded fewn i'r cefen, weles i bod 'na fachan compiwtyrs wedi dachre gosod 'i stwff yn y tu bla'n a'r rhan fwya o'r menwed yn rhy fisi'n busnesa beth oedd e'n neud i gymryd rhyw lawer o sylw ohona i. Wenodd un neu ddwy'n gwrtes reit a throdd gwraig y gweinidog rownd i weud helô wrtho i, ond erbyn i fi ga'l cyfle i neud mwy na gwenu 'nôl arni, oedd Lisabeth yn y tu bla'n yn siarad, diolch byth.

'Ni wedi goffo newid y trefniade,' medde hi wrth y dwsin neu fwy o fenwed oedd 'na. 'Ddim Jam a Tshytnis fydd hi heno 'wy'n ofan. Ma Mary Gwarmynydd yn sâl. Compiwtyrs 'da Brian Williams Penrhyn-coch, 'na beth yw'r wledd sy o'n blaene ni heno.'

O'en i'n teimlo damed bach bod Lisabeth wedi 'ngha'l i mas o'r tŷ drwy dwyll. Fydde Seimon ddim wedi bod hanner mor fodlon 'y ngadel i mas i ddosbarth compiwtyrs.

Ma 'da ni un. Compiwtyr. Yn iste'n segur yn y parlwr ers dwy flynedd wedi i Emyr 'i seto fe lan yn llawn bwriade da i ni'i iwso fe i gadw cownts y ffarm fel ma'r Asembli yn gweud wrthon ni am neud. 'Wy wedi gweud wrth Emyr am stopo talu am y conecshyn fel mae e'n neud bob mis, bod e'n wasto'i arian, ond ma fe'n dala i fyw mewn gobeth gaf i iws mas o'r mashîn. Trial helpu ma fe, trial ysgafnu peth o faich y cownts i fi. Ma sawl llythyr a galwad ffôn wedi bod rhwnt Seimon a bechgyn yr Asembli ar gownt y compiwtyr. Seimon yn dadle nag yw e'n mynd i dwtshyd bla'n 'i fys â'r sothach peth, a'r bachan Asembli bob tro'n gweud mai 'na'r unig ffordd mla'n a safie fe amser i Seimon a fi a rhoi trefen ar y ffarm unweth ac am byth. A Seimon yn bytheirio shwt oedd disgwyl iddo fe'n drigen, a finne'n ddynes, allu gwitho shwt beth.

Driodd Emyr ddangos i fi shwt oedd 'i witho fe, a 'wy wir ddim yn credu fydde fe mor anodd â 'ny. Oedd Seimon wedi gadel i Arwel ga'l un wrth gyrra'dd fform sics, ac Emyr ar 'i ôl e, am fod Wil Pwll Canol wedi dachre tynnu arno fe yn y mart am fod yn ormod o gybydd i brynu compiwtyr i'w feibion. Wedyn, o'en i wedi gweld y ddau grwt wrthi'n gwitho'r peth. Ond mynd 'da Emyr i'r coleg nath y compiwtyr 'ny yn diwedd a gadel bwlch o saith mlynedd cyn bod y llall yn dod 'co.

Alla i ddyall Seimon 'fyd, ac ynte ddeuddeg mlynedd yn hŷn na fi, gystal â bod yn perthyn i oes wahanol. Benderfynodd e bo fi ddim i fynd yn agos at y blydi peth. A gath e'i anghofio yn y parlwr tan y tro nesa dise fe'n destun cweryl rhwnt Seimon a bois y *regional office* yn Aberystwyth.

Wrth wrando ar Lisabeth, o'en i'n wherthin tu fewn wrth feddwl beth fydde 'da Seimon i weud, ond benderfynes i bod dim rhaid iddo fe ga'l gwbod.

Ca'l cyfnode o dwllwch ma Seimon. 'Wy ddim yn ddigon twp i feddwl bod e'r person goleua mas pan nag yw e'n diodde o'r twllwch. Ond welech chi'r gwahanieth 'se chi'n digwydd 'i weld e ar 'i isa. Ma fe'n ca'l stretshys hir o fod yn fe'i hunan, a finne'n dachre anghofio am y twllwch. A wedyn, fyla: ma fe arno fe. Fel y nos yn llyncu'r dydd. Wap. Dim rhybudd. Dim byd ar wahân i fois yr Asembli yn 'i nychu fe achos hyn a'r llall. Neu heb rybudd o gwbwl hyd yn o'd. Sai'n gwbod lle ma fe'n mynd yn iawn pan ma'r twllwch arno fe, ond dyw e ddim yn neud fowr o ddim byd, dim ond aros yn 'i wely a'r dwfe dros 'i ben yn gweud dim byd. 'Se well 'da fi 'se fe'n rhannu'i feddylie, ond 'wy wedi hen ddysgu pido gofyn iddo fe rhagor. Achos gyda'r twllwch, ma'r tyrfe, a fydde gofyn iddo fe os yw e'n iawn neu os oes rwbeth alla i neud pan ma'r twllwch arno fe ond yn gwahodd y tyrfe. A 'wy ddim moyn neud 'ny. Does neb call moyn cymell y tyrfe.

Wy'n dod i ben â'r dyddie tywyll. Neud beth fydde fe'n neud, a neud penderfyniade drosto fe pan ma gofyn neud. 'Wy wedi arfer 'da gwaith, a digon o nerth 'da fi i ddod i ben â'r godro, yr wyna os yw hi'r adeg 'ny o'r flwyddyn, torri gwair hyd yn o'd. Un flwyddyn, lwyddes i i gneifo hanner y defed cyn iddo fe ddod mas o'r twllwch. Dyw e ddim yn para mwy nag ychydig ddyddie, cwpwl o wythnose fan bella.

Mae'n anodd withe, gwbod pryd ma fe'n mynd i golli'i natur, pryd ma'r twllwch yn bygwth. A 'wy'n dal i neud pethe twp.

Fi sy, ddim yn gwbod shwt i fihafio. Hyd y dydd heddi, a finne ond gwpwl o flynydde'n brin o'n hanner cant, 'wy'n dal i ffili neud y peth iawn. 'Y nrwg i yw bo fi'n trial yn rhy galed i gadw pawb yn hapus yn lle gadel i bethe fod. A hyd yn o'd rhwnt pedwar fel o'en ni'n arfer bod, oedd i un drio cadw'r tri arall yn hapus fel 'se fe ddeg gwaith yn anoddach na thrial cadw un yn hapus. A wedyn doth Beth, o'r tu fas, ag oedd trial gwbod beth nise hi'n hapus wedyn, ar ben y tri arall, i weld yn Efyrest o beth, yn union fel trial cadw pump o beli yn yr awyr ar unweth a'u jyglo nhw i gyd yn gelfydd drwy'r amser fydden ni i gyd gyda'n gilydd. A gweud y gwir, oedd hinny ddim yn digwydd yn amal.

Y tro cynta ddoth Beth 'co gyda Arwel, o'en i wedi plano neud swper neis i'r pump 'no ni. Oedd 'da fi ffydd y gallen i jyglo'r pum pelen: neud 'y nghwco fel 'wy'n gallu, pryd bach neis i bump, a do, brynes i gwpwl o boteli o win ar gyfer y noson, a gison ni gyd lasied bach neis neu ddau yr un, pawb ond Seimon, oedd wedi penderfynu bod dim ise alcohol i enjoio'n hunen. A iawn, benderfynes i bod dim ots am 'ny, ond gymres i un 'yn hunan er mwyn bod yn gwrtes ac i dynnu bach o'r rhwymyn oddi ar 'y nhafod i a'r coch mas o 'moche i.

Ac a'th popeth off fel watsh: y *chicken chasseur* gore alle Delia'i gynnig, a'r *pavlova* wedyn, a'r ddwy boteled o win yn ca'l 'u hyfed. A wedyn, wedyn, oedd y coffi bach yn slo yn neud achos bo fi wedi dachre siarad 'da Beth ambitu'i theulu, gofyn beth oedd 'i brawd hi'n neud, beth oedd 'i whâr hi'n neud, a wir, o'en i'n meddwl bo fi wedi croesi'r llinell ar ddiwedd y ras erbyn 'ny, a wedi anghofio'n llwyr am y coffi, pan ddoth 'i lais e ar draws y bwrdd, yn llawn o dyrfe oedd yn dangos shwt gymint o lond bol oedd e wedi ga'l ar y noson, ar yr esgus whare'n sifil, y dwli dwl i gyd:

'Ti ffili dal dy gwrw, ddynes? Lle ffyc ma'r coffi?'

Ma'r bechgyn wedi goffo arfer 'da'r twllwch sy'n dod amdano fe dros flynydde'u prifiant. Ond oedd Beth yn ddiyrth, ac o'en i ddim ise iddi glywed y tyrfe.

A'th pawb yn dawel, cyn dachre siarad i lanw'r tawelwch, dachre edrych ar 'u wotshys. Bore cynnar fory…

A godes i bore wedyn yn meddwl pam, *pam* na fydden i wedi cofio am y coffi. 'Wy'n ddidoreth fyla. Wedes i wrth 'yn hunan am bido byth â cwmpo 'to, i bido byth ag yfed gwin a gadel fynd.

A'th Arwel a Beth 'nôl i'r gwesty lle o'en nhw wedi penderfynu aros tra bydden nhw lan 'ma o Fryste i'n gweld ni, ag a'th Emyr i'w wely ar ôl rhoi gwasgad fach i 'mraich i, whare teg. Falle'i fod e'n cydymdeimlo 'da fi, feddylies i, ond wedyn, fuodd e ddim gatre i'n gweld ni am ddeunaw mis ar ôl priodas Arwel a Beth, wedyn falle mai ffili diodde'n cwmni ni mae e.

Nison ni ddim gormod o ffys adeg y briodas. Ison ni i'r rejistri offis jist abowt, ond oedd Seimon ddim ise aros i'r parti nos. Mynd 'na i ddangos 'yn gwynebe nison ni er mwyn ca'l dod gatre at y gwartheg.

Ond ers i'r bechgyn fynd, ma 'i wedi mynd lawer rhwyddach. Do's gyda fi ddim ond pêl hapusrwydd Seimon i jyglo – er bod 'da honno'i meddwl 'i hunan.

'O's colled arnot ti, ddynes?' waeddodd e arno fi ryw fore wrth i fi adel Siani mas o'r tŷ, ac roedd ynte a'r defed ar y ffald yn barod i ga'l 'u doso.

Rhedodd Siani i ganol y defed nes 'u hela nhw'n bananas.

'Cer â'r ffycin ci 'na i'r tŷ cyn i fi'i ladd e a tithe.'

Ond ma well 'da fi'r gweiddi o'r hanner na'r twllwch. Y tro dwetha, bachan yr Asembli ddachreuodd bethe. Ddoth e draw i roi rhybudd bod y pwll slyri ddim yn dal dŵr.

'Lwcus 'te mai ddim dŵr mae e fod i ddal,' medde Seimon wrtho fe'n sychlyd reit, ac o'en i'n gwbod bod e'n 'i mentro hi, yn rhwbio bachan yr Asembli lan ffor rong.

'Ma fe'n gollwng, Mr Evans,' medde hwnnw'n sychach fyth.

Orie wedi i fachan yr Asembli fynd yn 'i BMW mowr, des i fewn o odro a'i weld e Seimon a'i ben yn 'i ddwylo yn y parlwr a phapure'r ffarm o'i gwmpas e, a'r twllwch yn amlwg wedi cydio, druan bach.

Wedyn, yn ara deg, fentres i tuag ato fe, yn ofalus, fel fyddech chi 'da tarw wedi ca'l dolur, a dod o fewn 'chydig game ato fe, gan wbod bo fi'n mentro, a gofyn yn 'yn llais mwya gwastad:

'Oes rwbeth alla i neud?'

A wedyn, ddoth y tyrfe:

'Beth ffyc alli di neud, ddynes? Beth ffyc wyt ti'n feddwl alli di neud? Eiso cacen? A ti'n meddwl geith hinny ni mas o'r mès y'n ni yndo fe yn y banc?'

Es i ddim mas – ddim o'r ffordd, nag i eiso cacen. Na, games i'n agosach ato fe a wedes i:

'Seimon. Os daw'r gwitha i'r gwitha…'

'Wy ddim yn gwbod beth o'en i'n mynd i weud wedyn, ond gadawes i 'ny iddo fe.

'Ffac off, ddynes,' medde fe, 'ffac off a gada fi fod.'

'Cer i'r gwely,' medde fi. 'Fydd popeth yn edrych yn well yn y bore.'

A jiawch, fe nath e! Heb hogi llafn 'i dafod arno fi rhagor, fel 'se fe wedi penderfynu bo fi ddim gwerth yr ymdrech. Fe a'th, lan stâr, i'w wely. Ag o'en i'n gwbod na chisen i air mas 'no fe am ddyddie wedyn nes bod y twllwch yn codi.

Es i lan ar 'i ôl e ar ôl cau'r ast yn y sied a switso popeth ffwr. Fe nath ryw fath o ynganu'i ddiflastod pan es i fewn mor dawel â allen i i'n stafell wely ni ato fe, ond dim mwy na 'ny. Jist rhyw 'o god' bach fyla. Ag oedd e'n iste ar ochor y gwely heb dynnu'i ddillad na'i sgidie a dim awgrym bod e'n mynd i neud 'ny whaith.

Isteddes i lawr ar yr ochor arall â 'nghefen tuag ato fe, a 'na lle buon ni â'n cefne at 'yn gilydd am damed bach, a fynte â'r twllwch amdano fe.

A feddylies i, ma raid i ni siarad, ma raid i ni siarad. Ma raid i fi dynnu'r twllwch 'ma mas 'no fe, neud iddo fe weud beth sy'n 'i fecso fe.

'Wy'n gwbod yn iawn, wrth gwrs, ond bo fi ise'i glywed e'n 'i weud e, i ga'l y drwg mas ohono fe.

Beth sy'n 'i fecso fe yw beth yw'r pwynt. Beth yw'r pwynt cario mla'n?

Cario mla'n i fwydo'r gwartheg. Cario mla'n i hela'r defed. Cario mla'n i ddysgu'r cŵn. Cario mla'n i lanw'r fforms. Cario mla'n i ddod â'r ŵyn. Cario mla'n i garthu'r beude. Cario mla'n i droi'r ceue. Cario mla'n i odro'r gwartheg. Cario mla'n i gau'r bylche. Cario mla'n i dorri silwair. Cario mla'n i fendio'r llocie.

Jist cario mla'n.

Ag o'en i ise gweud wrtho fe, *ma* pwynt, ma pwynt cario mla'n, ag os oedd e ffili, wel o'en i 'na, yn do'en i?

Ond o'en i'n ffili gweud. Mewn sbel, fe ges i nerth o rwle, a godes i rownd, codi 'nghoese rownd ar y gwely, a'i wynebu fe, gwynebu'i gefen e, a meddwl: gallaf, alla i neud hyn.

Ag oedd 'y mraich i mas yn barod i gwrdd â'i dyrfe fe, mas yn barod i'w gosod ar 'i ysgwydde fe, amdano fe, i'w gynnal e, i'w gysuro fe… pan stopodd hi.

'Y mraich i. Fel 'se 'i'n gwbod ohoni'i hunan na chise hi ddim croeso.

A fel 'se fe'i hunan wedi'n synhwyro i 'na yn barod i roi cysur, rhwbeth, fe gododd e a thynnu'i ddillad fel pob noson arall a dod fewn i'r gwely a mynd i gysgu, a finne, fel y nosweithe eraill pan oedd e fel hyn, yn trial 'y ngore i neud yn siŵr bod 'y nghorff i ddim yn twtshyd 'i gorff e.

Fel 'sen i'n llyngeren neu'n whannen, o'en i ddim, ddim i dwtshyd 'i gorff e.

'Na shwt oedd e pan oedd y twllwch arno fe. A 'na shwt o'en i. Ofan yn 'y nghalon bo fi'n mynd i neud rwbeth twp, a chymell 'i dyrfe fe.

Beth bynnag, y compiwtyr.

'Lle ma'r tshytni 'te?' holodd Seimon pan gerddes i fewn drwy'r drws y nosweth 'ny.

'O'en nhw'n mynd â nhw i'r catre hen bobol i'r hen bobol 'u ca'l nhw,' medde fi, yn meddwl fel wipet am unweth.

'Wel ffyc mî,' medde fe'n wenwynllyd. 'Pam na 'se ti wedi gweud wrthon nhw bod hen ddyn 'da ti gatre, ddynes?'

Ond oedd dim taten o ots 'da fi, achos o'en i'n gwbod lle o'en i'n mynd yr eiliad ise fe lan stâr i'r gwely.

Ar ôl i Seimon fynd i'r gwely, es i at y mashîn a mentro gwasgu'r bwtwm. Whare teg, oedd y Brian 'na'n dda, yn ca'l gwared ar ofne disynnwyr menwed – hŷn na fi, y rhan fwya ohonon nhw – oedd yn credu 'se'r tŷ yn hwthu lan am 'u clustie nhw 'sen nhw'n mentro gwasgu'r bwtwm rong. Unweth o'en i wedi dachre, oedd dim ofan yn agos ato fi, ag o'en i'n ysu i drial pethe mas.

Lwyddes i ga'l sgwrs 'da cwpwl o fenwed ar ryw wefan oedd Brian wedi'i hargymell 'i'r gwragedd ffarm yn 'ych plith chi'.

Ddim dan 'yn enw iawn, wrth gwrs, ond o'en i wedi dachre meddwl am y Facebook 'na. Drwg yw, ma'r bobol chi'n siarad 'da nhw ar hwnnw â rhyw glem pwy y'ch chi, wedyn o'en i ddim cweit yn barod i neud 'ny 'to. Ara deg a bob yn dipyn ma syci bys i din gwybedyn.

Wedyn, dreules i awr neu ddwy yn trial dyall y cyfarwyddiade oedd wedi dod 'tho'r Asembli dros y blynydde – shwt i ddod o hyd i help i neud cownts y ffarm ar y compiwtyr, stwff fel 'ny.

Dros y mis nesa, lwyddes i roi manylion pasborte'r gwartheg i gyd ar y compiwtyr. Ges i erioed basbort 'yn hunan, ond 'wy'n credu bod y ffaith bo fi wedi rhoi manylion hanner cant o rei'r gwartheg ym mol y mashîn yn rhoi mwy o bleser i fi na fydde unryw basbort gisen i. Oedd dim syniad 'da Seimon, wrth gwrs, ac o'en i'n diolch i'r drefen dyddie 'ma bod 'da fi ŵr oedd yn mynd i oed ac yn barod am 'i wely cyn hanner awr wedi deg bob nos. O'en i ond yn gobitho na ddise un o fechgyn yr Asembli lan 'ma a gadel y gath mas o'r cwd cyn i fi ga'l tshans i gyfadde wrth Seimon beth o'en i wedi bod yn neud, ag i witho fe rownd.

O'en i'n ca'l siarad drwy'r compiwtyr heb i neb weld 'y moche i, ag o'en i'n gallu neud yn siŵr bod y geirie o'en i ise weud yn y drefen gywir cyn i fi hela'r neges. Oedd hinny'n hefer o beth.

A wedyn, dipyn o fiso'dd 'nôl, fel wedes i, ges i ffrind bach newydd.

Reit ar draws popeth, heb unryw rybudd. Wel, y nesa peth i ddim ta beth. O'en i'n gwbod lawr tu fewn yn rhwle fod rhwbeth yn wahanol. O'en i wedi mynd i ddachre blino ar y peth lleia a'i cha'l hi'n anodd codi yn y boreue.

Oedd e'n tyfu tu fewn i fi – weles i fe ar sgrin. Yn sbloj gwyn rhwnt llwyd esgyrne. Yn farc lle nag oedd marc i fod. Yn fod lle nag oedd bod i fod. Yn blodeuo yn 'y nghnawd i ac yn llawn o addewid am ddyfodol gwahanol. Oedd e'n tyfu, yn cryfhau, ag o'en i'n 'i ddychmygu fe'n whyddo, yn cyhoeddi i'r byd, 'wy 'ma!

Ond wedodd y nyrs na fydde fe yndo fi'n hir.

Ma raid i fi weud, oedd clywed hinny ddim yn fêl i gyd, achos o'en i wedi enjoio'i gario fe, siarad 'da fe, gweud 'y nghyfrinache i gyd wrtho fe, fel ma rhywun yn gallu neud 'da ffrind. A gweud y gwir yn onest, oedd hi'n whith 'da fi weld e'n dod mas, yn rhydd ohona i.

Newidiodd e 'mywyd i, agorodd e 'myd i, a wir, synnech chi gymint o newid oedd yn Seimon.

'A' i â ti lawr yn y landrofyr,' medde fe pan ffoniodd y doctor i weud bod apointment 'da fi yn Bronglais.

'Beth am y defed?' holes i, achos oedd e wedi bwriadu benni'r cneifo. 'Beth am y ffarm?'

'Sdim ots am y ffarm. Ma pethe pwysicach na'r ffarm.'

'Wy ddim yn cofio fe'n gweud dim byd mor annwyl â 'na erioed wrtha i cyn hinny.

Ma pethe pwysicach na'r ffarm. Fi oedd e'n feddwl.

Wedyn, a'th e â fi gatre hibo i'r ganolfan arddio, lle ces i *osteospermum* piws a chwpwl o *lobelias* glas a mynawyd y bugel pinc, a chwpwl o fagie o fylbs daffodils i'w plannu erbyn y gwanwyn.

Lan wrth y rhosynne yn y ganolfan arddio – rhesi ar resi o rei bob lliw dan haul, jiw o'en nhw'n bert – ofynnodd e i fi beth o'en nhw wedi gweud yn Bronglais. O'en i ddim wedi rhoi gwbod iddo fe wrth ddod 'nôl fewn i'r landrofyr yn Bronglais, achos ofynnodd e ddim, ac o'en i ddim yn hollol siŵr os oedd e ise clywed.

'Cadarnhau mai 'na beth yw e,' wedes i wrth wynto rhosyn mowr 'da cwlffe o resi o betale gwyn yn drwch yndo fe fel pelen fowr o wlân anniben. 'Cansyr. Ma fe'n trefnu i fi ga'l 'i dynnu fe o fewn y pythefnos nesa.'

Es i mla'n i edrych ar y *dahlias* a'r *gladioli*, a pert oedd rheiny hefyd, clystyre mowr o flode mwy o faint na beth fyddech chi wedi gallu'i ystyried yn bosib mewn natur.

Ond ma natur yn gallu neud pethe rhyfedd hefyd, fel whiles i mas wedyn. Droies i rownd i ofyn i Seimon os allen ni stretsio i gwpwl o botie i fynd adre gyda ni nawr bo ni 'ma, ond oedd dim golwg ohono fe. Dryches i draw, a 'na lle oedd e, draw lle gadawes i fe bum munud yn gynt wrth y rhosynne. Oedd e ddim wedi symud.

Ddachreues i ofan bod y twllwch wedi gafel amdano fe eto ag y bydde rhywun yn sylwi arno fe'n sefyll 'na fel delw yn edrych ar y llawr, a gymint o flode bob lliw a phlanhigion diddorol i edrych arnon nhw, wedyn es i draw ato fe a gafel yn 'i fraich e'n ofalus.

'Seimon?'

O'en i'n cico'n hunan am weud wrtho fe ambitu'r cansyr. I beth oedd ise i fi fod wedi agor 'y ngheg fowr a sbwylo'r amser da o'en ni'n ga'l yn edrych ar y blode?

Gododd e 'i ben i edrych arno fi fel 'se fe wedi anghofio pwy o'en i, ag oedd y fath olwg yn 'i lyged e. Hen. Wedi blino. 'Wy'm yn gwbod. Mae e'n tynnu mla'n fel ni i gyd, ond yr un person â briodes i 'wy'n arfer 'i weld o ddydd i ddydd, o ran 'i olwg ta beth.

Ond pan edrychodd e arno fi wrth y rhosynne, heb droi'i lyged i edrych rwle arall fel fydden i'n disgwyl iddo fe neud, ges i damed bach o syndod, yn union fel 'se fe wedi benthyg llyged rhywun arall.

Droies i 'mhen i edrych rwle arall, achos o'en i'n teimlo'n ddigon bechingalw ac ynte'n bihafio mor od, yn edrych arno fi fyla heb droi ffwr.

Gices i'n hunan eto am weud wrtho fe.

'Pa mor ddrwg yw e?' holodd e, a'i lais e nawr hefyd yn swnio fel 'se fe'n eiddo i rywun arall.

'Oedd y doctor yn gweud ddyle fe ddod mas ddigon rhwydd. Fydd raid ca'l cimotherapi wedyn, wrth gwrs, jist i neud yn siŵr.'

Wedyn, nath e'r peth rhyfedda! Afaelodd e yn 'y mreichie i, reit fynna rhwnt rhosynne pinc y Queen Mother a rhei melyn Diana, heb fecso bod pawb yn gallu'i weld e, a wasgodd e nhw, 'y mreichie i, ddim yn gas, jist yn dynn, fel 'se fe'n mynd i 'nhynnu i ato fe, 'y ngwasgu i fel oedd e'n arfer neud slawer, slawer dydd cyn i ni briodi.

'Fydda i'n oreit,' medde fi, i osgoi ca'l cofled, achos o'en i'n itha embarasd erbyn hyn, er mor neis oedd y teimlad bo fi'n cownto digon iddo fe iddo fe fecso ambitu 'ngholli i. Dyw e byth yn cyfadde bo fi'n help obitu'r ffarm, ond pan ma'r twllwch arno fe, a finne'n dod i ben 'da'r cwbwl 'yn hunan nes bod e'n gwella, ma'n anodd iddo fe wadu nag oes iws o gwbwl i fi.

O'en i ddim yn plano'i adel e i wynebu'r twllwch ar 'i ben 'i hunan, ond sylweddoles i'r dwrnod 'ny gymint o ffrind oedd y cansyr yn mynd i fod i fi.

Fynnodd Seimon 'yn bod ni'n mynd am gwpaned yn y caffe sy 'da nhw'n rhan o'r ganolfan arddio wedyn, ac oedd hinny'n beth mor rhyfedd nes i fi ddachre becso'i fod e wedi ca'l strôc fach. Chi'n clywed am bobol yn newid 'u personoliaeth dros nos ar ôl ca'l strôc. Wel jawch, 'na'n union shwt oedd Seimon.

O'en i wedi hanner ofan mai'r twllwch fydde'i ymateb e wedi bod i 'nghansyr i. Ond fel troiodd hi mas, y gwrthwyneb ddigwyddodd.

Weles i erioed mo Seimon mor garedig, mor ofalus ohona i o'r bla'n. Nath e hyd yn o'd ddod fewn 'da fi i Morrisons y dwrnod 'ny i bwsio'r troli drosta i pan fentres i ofyn os gisen i neud siopad ar y ffordd adre.

'Ma pythefnos 'da ni, ti'n gweud,' medde fe yn y landrofyr. 'Beth am i ni ga'l gwylie bach? Ofynna i i Emyr ddod i edrych ar ôl y ffarm.'

A 'na pryd sylweddoles i bod rwbeth lawer mwy na strôc wedi digwydd i Seimon.

Gadwodd e at 'i air. Oedd Cei yn nefo'dd ar y ddaear. Ges i

'nhrin fel brenhines. Tri dwrnod bach, achos oedd angen i fi fynd 'nôl i ga'l yr opyreshyn. Ond welon ni'r haul yn machlud dros Sir Benfro a Phenrhyn Llŷn a'r môr yn llio creigie Sir Aberteifi'n lân, yn union fel 'sen ni ar 'yn mis mêl.

Yn well na 'ny 'fyd, achos gison ni ddim un ar ôl i ni briodi.

Am damed bach, bach, tra'u bod nhw'n 'i astudio fe a hogi'u harfe i'w dynnu fe mas, fe ges i ffrind.

Ddison ni 'nôl o Cei i ddadbaco, a phaco wedyn i fynd fewn i'r sbyty. 'Na pryd gath e air 'da'r bechgyn ar y ffôn, ac erbyn i fi ddod mas o'r sbyty oedd y tri lan 'ma, Arwel a Beth ac Emyr.

Gison ni'r swper bach neisa 'da'n gilydd. Oedd Seimon wedi trial 'y ngha'l i i fynd mas i fyta, ond oedd lawer gwell 'da fi gwco i ni'n pump ga'l iste gatre. Gadwes i'n glir o'r gwin serch 'ny.

A'r nosweth 'ny yn y gwely, droiodd e ato fi ac edrych arno fi eto fel 'se fe erioed wedi 'ngweld i o'r bla'n. Wedodd e ddim byd, dim ond edrych, a chodi wedyn i switsio'r gole ffwr.

Tra bues i yn y sbyty, oedd Seimon wedi dachre plannu hanner dwsin o goed fale gyda chefen y tŷ. Wydden i ddim bod e wedi 'nghlywed i'n gweud licen i ga'l perllan, ond ma rhaid 'i fod e.

Oedd dim byd yn ormod o drafferth iddo fe. Fydde fe'n neud bach o dost i fi'n y boreue, yn 'yn helpu i i wisgo os o'en i'n teimlo fel codi, neu'n gadel i fi orwedd trwy'r dydd tra bydde fe'n trial 'i ore lawr stâr i neud cino a swper iddo fe'i hunan, a thamed bach i finne os o'en i'n gallu 'i wynebu fe.

Ag ar ddwrnode pan o'en i'n teimlo'n well, fe fydde fe'n gadel i fi bwyso ar 'i fraich e wrth iddo fe'n arwen i rownd y berllan fach ifanc oedd e wedi'i phlannu ar 'y nghyfer i.

'Fe ddaw fale blwyddyn nesa, pan fyddi di'n well,' wedodd e un o'r troeon hinny.

Oedd y cimotherapi ddim yn sbort, ond o'en i'n gwbod na

fydde fe, a fe adawodd Seimon i fi orwedd yn hwyr yn 'y ngwely a chario cwpaneide o de lan i fi, a'r fasn whydu lawr wedyn ar ôl i fi whydu'r te 'nôl lan. A wedodd e ddim gair croes wrtho fi tra fues i yn 'y ngwendid.

Ddoth e fewn 'da fi dwrnod o' bla'n ar ôl i fi ga'l sgan i weld os oedd y cansyr wedi diflannu'n llwyr, a fe afaelodd e yn 'yn llaw i wrth i finne ddal 'y ngwynt.

'Ma pob arwydd yn gweud 'ych bo chi wedi'i goncro fe, Mrs Evans,' wedodd y consyltant yn wên o glust i glust. ''Wy'n gwbod 'i bod hi'n gynnar i weud dim byd yn bendant, ond do's dim rheswm i gredu na fyddwch chi'n glir o nawr mla'n. Yn union fel o'ch chi cyn i chi ga'l e.'

Wasgodd Seimon 'yn llaw i'n dynn, nes bo fi'n gallu teimlo'r rhyddhad yn llifo drwyddo fe.

❧

'Wy'n cico'n hunan eto, achos arno fi ma'r bai. Am adel i bethe eraill hela'r pethe pwysig mas o 'mhen i. 'Wy wedi mynd damed yn anghofus ers i fi fynd yn sâl.

Allen i fod wedi gweud wrtho fe, yn dawel bach, resymol gall, ambitu'r compiwtyr. Allen i fod wedi gweud wrtho fe pan o'en ni lawr yn Cei, neu wedyn, pan o'en i'n gwella yn y sbyty ar ôl tynnu'r cansyr. Neu wedyn, pan oedd e'n nyrso fi'n well ar ôl pob sesiwn o cimotherapi, neu hyd yn o'd wedyn.

Ddoe! Allen i fod wedi gweud wrtho fe ddoe. Fydde fe wedi gwrando. Wedi clywed 'yn rhesyme i dros drial ca'l trefen, wedi gweld synnwyr, wedi gadel i fi'i berswadio fe, achos ma fe'n ddyn gwahanol dyddie 'ma.

Ond anghofies i bopeth am y compiwtyr, yn do fe, y dwpsen ddwl ag edw i.

Glywes i fe'n dod fewn gynne ar ôl bod lawr yn y mart, ac a'th e'n strêt i'r parlwr.

'Beth yw ystyr hyn?' glywes i fe'n galw. Ddim gweiddi, ddim dyddie 'ma. Tyrfe yn y pellter, mas dros y môr, 'na i gyd, yn addo y galle'i droi'n storom.

Oedd e wedi switsio'r compiwtyr mla'n a wedi llwyddo rwffo, duw a ŵyr shwt, i ddod lan â'r rhestr o ffeilie'r ffarm o'en i wedi dachre'u cadw arno fe cyn i fi fynd yn sâl.

'Ofynnodd bachan yr Asembli pam o'en i wedi hela cwpwl o bethe draw aton nhw dros y compiwtyr a wedi stopid neud 'ny. A wedes i, 'wy ddim wedi hela jawl o ddim byd draw atoch chi dros y compiwtyr, a wedyn glices i. Beth wyt ti wedi bo'n neud, ddynes? Gosipo ar hwn tu ôl i 'nghefen i, ife?'

Nage, ddadleues i, dim o'r fath beth. O'en i ddim wedi bod arno fe ers miso'dd. A wedyn ddachreues i drial i ga'l e i weld sens. Ddangoses i'r ffeilie o'en i wedi dachre'u cadw 'na, cownts y ffarm yn un bwndel teidi o'i fla'n e, *input and output*, pasborts, allen ni neud popeth mor rhwydd ar hwn...

Ond cyn i fi allu gweud hyn i gyd yn iawn, oedd e wedi tynnu'r plyg o'r wal a wedi dachre halio'r compiwtyr mowr trwm mas o'r parlwr i'r gegin, a mas wedyn drwy ddrws y cefen, a finne'n 'i ddilyn e, yn colli nerth i weiddi ar 'i ôl e, i ddadle gydag e, a'r *keyboard* yn danglo tu ôl iddo fe, mas, lawr gyda ochor y wal i'r ffald i'r cornel lle oedd tomen o stwff, yn berfeddion stwff lectric, a chans oil a tŵls wedi rhydu a phishys o dractore a mashîns a mès...

Grasiodd y compiwtyr lawr i ganol y cwbwl.

Es i 'nôl fewn, a lan stâr i'r gwely, a 'na lle edw i nawr.

Glywes i fe'n ateb y ffôn lawr stâr gynne. Lisabeth farn, ise'n atgoffa i am Ferched y Wawr nos fory. Glywes i fe'n gweud na fydden i'n gallu mynd, bo fi'n dal yn wan, a ddales i'n hunan yn diolch iddo fe am ga'l gwared arni i fi ga'l llonydd ar ben 'yn hunan o dan y dwfe i lio 'nghlwyfe a chau popeth mas, a meddwl pwy mor gelwyddog yw beth ma'n nhw'n gweud, bod tamed bach yn well na dim o gwbwl.

'Wy'n gwbod bo fi'n gweud peth mowr, ond cansyr oedd y ffrind gore ges i erioed a 'wy'n gweld 'i golli fe.

Yn y funud, falle daw e lan 'ma â chwpaned o de i fi, a fydd yr hireth yn lleddfu.

A wedyn, falle na ddaw e ddim.

Ffydd

MA DUW YN byw drws nesa. Wir nawr, *ma* fe, sai'n gweud gair o gelw'dd!

Cwlffyn o fachan mowr 'da bardd wen lawr hyd at 'i jest e, dwylo fel rhofie, a gwên alle doddi cro'n 'ych sodle chi. O'r eiliad weles i fe, o'n i'n gwbod taw fe o'dd e. Fe, a Mair a Iesu Grist.

Nymby Lefn, 'na lle ma'n nhw'n byw. A ni yn Nymby Nain, sy'n sownd wrth 'u tŷ nhw. Ma'n nhw'n cwato tu ôl i enwe erill wrth gwrs. Sai'n cofio beth. Rwbeth Eirish... neu Ryshan. Ond fel 'ny ma 'i fod, so Duw yn datgelu 'i 'unan i bawb, yn nag yw e? 'Wy'n cofio'n Feibil itha da, er taw fi sy'n gweud, y shrybs yn llosgi a bethach.

Pan wedes i wrth Eifion taw Duw o'dd y bachan drws nesa, wedodd e bod e'n edrych yn debycach i Charles Darwin. Ond fydde Eifion yn gweud 'ny, ma fe'n lico swno fel 'se fe'n gwbod y cwbwl pan so fe'n dyall dim. Weles i lun o'r Darwin 'na yn papur, a wir i chi, 'i weld e'n debyg i Santa Clos o'n i, nage Duw. Ma ryw bechingalw, ryw feib – 'na fe, ryw *feib* – yn perthyn i Duw drws nesa.

Braidd yn bell 'wy'n gweld Mair, fel 'se 'i'n meddwl bod hi dwtsh rhy dda i fod yn byw mewn tŷ cownsil yn ganol pethe comon fel ni. Neu falle taw becso am y mab ma 'i: yn ôl 'i olwg e, ma llond wilber o waith becso 'da hi, golwg bach o hipi arno fe, a chi'n gwbod beth ma hipis yn smoco. Ond whare teg i bob cythrel, do's dim dishgw'l iddo fe achub eneidie 'to, a fynte'n dal ar 'i brifiant.

'Wy wedi treial siarad 'da nhw, wrth baso. A ma Duw i weld

yn fachan digon ffein, ma raid gweud. Wystyd yn stopo i siarad. Dim byd mowr, am y tywydd a stwff fel 'ny… sy'n neud sens, yn dyw e? Ma pawb yn lico siarad am 'i waith.

Mwya 'wy'n meddwl abitu fe, mwya fi'n meddwl bo fi'n reit.

∽

Weles i fe! Mas y bac yn 'i fest gynne fach! Yn stretsio, fel arth fowr, a'i wyneb e at yr houl.

'Helô,' wedes i, bach yn wyledd achos taw fe yw e, a ddoth e draw at y ffens i siarad 'da fi.

Yffach o fachan ffein, a gallen i weud yn streit awê heb iddo fe weud gair bod e'n gwbod bo fi'n gwbod pwy yw e. Rwbeth yn 'i smante fe a'r ffordd o'dd e'n gwenu arno fi.

'Ma 'i'n mynd i fod yn ofnadw o dwym pyrnhawn 'ma,' mynte fe ar ôl i fi weud wrtho fe taw Doreen Richards 'yf i – fel 'se raid i fi weud wrtho fe, ond ma raid mynd drwy'r moshyns, nag o's e?

'Odi 'ddi?' medde fi. A wedyn holes i fe shwt o'n nhw'n setlo.

'Setlo'n net,' mynte fe, a wedyn holodd e beth o'dd enw'r bwtshwr ar yr hewl fowr.

'Jones y Bwtshwr,' medde fi 'da peth syndod, achos o'dd e bownd o fod yn gwbod, a wedyn feddyles i falle bod e'n testo fi.

'Jones y Bwtshwr…' mynte fe fyl'a a crafu'i fardd. 'O'n i'n cer'ed ar draws yr hewl pyrnhawn ddo pan ddoth 'i fan e hibo a jyst â bwrw fi lawr!'

'Naddo!' medde fi'n ffili dachre dychmygu shwt le fydde 'na 'se Jones y Bwtshwr wedi'i fwrw fe lawr.

'Do wir! A wa'th na 'ny, rowlodd e 'i ffenest lawr a dachre'n rhegi i i'r cwmwle!' mynte Duw.

'Ofnadw!' medde finne, achos o'dd e'n ofnadw o beth

i ddigw'dd. 'So ni i gyd fyl'a 'ma,' medde fi wedyn, rhag ofan fydde fe'n meddwl bo ni gyd yn gwmws yr un peth â Jones y Bwtshwr.

Wenodd e wedyn, yffach o wên garedig 'dag e, o'dd yn cyrra'dd cocyls 'y nghalon i. A rhwto gwilod 'i fardd fowr wen fel 'se fe'n rhoi o-bach iddi.

'Ddifarith e'n rhegi i,' mynte fe, a weles i ryw fowredd ar 'i wedd e, ryw ogoniant fel ma'n nhw'n gweud yn capel. Ddifarith e'n rhegi i, wedodd e, gwmws fyl'a. Wedyn dachreuodd e ganmol 'yn *Japanese amenomes* i.

Wedes i hyn i gyd wrth Eifion, wrth gwrs.

'Ca dy geg, yr hat ddol,' mynte fe, 'bygwth dwrn iddo fe o'dd e, nage bygwth Dydd y Farn. O's colled arnot ti?' A wedyn a'th e mla'n i weud taw *survival of the fittest* yw hi yn yr hen fyd 'ma, a whilith Jones y Bwtshwr 'ny mas y ffordd galed am regi'r bachan drws nesa.

A 'na'r peth. 'Wy'n becso tam bach am Eifion ni. Ma fe wedi confinso'i 'unan taw'r bachan Darwin 'na yw Duw drws nesa. So fe'n iach, odi fe, credu shwt beth? Ma Darwin wedi marw ers ache, shwt alle fe fod yn byw drws nesa? 'Wy'n meddwl falle'i bod hi'n bryd i Eifion fynd i weld doctor abitu'i feddylie.

～

Dihunes i ganol nos nithwr, ac o'dd e Duw yn siarad 'da fi. Gweiddi 'te, achos gweiddi o'dd e, fel 'se fe o bell. Fel 'se fe o drws nesa, achos 'na lle o'dd e.

'Sym off dy ben-ôl a '*na* rwbeth!' o'dd e'n gweiddi. 'Ma'n hen bryd i ti neud rwbeth o werth.'

So godes i ar unweth.

'Whila'r remote control,' gwaeddodd e wedyn, a 'na'n gwmws beth 'nes i. Es i lawr stâr ffwl pelt a Duw yn dal i weiddi'r ochor arall i'r wal. 'Whila amdano fe, so ti'n colli'r remote control a pido whilo amdano fe.'

Des i o hyd i'r *remote control* itha syden. O'dd e yn y boced fach 'na byrnes i yn y Pownd Shop chi'n dodi dros fraich y soffa, lle 'wy'n dodi fe bob nos yn lle bod Eifion yn colli Jeremy Kyle yn y boreue.

Doth llaish Duw wedyn wrth bo fi'n dod o hyd i'r peth:

'Switsha fe mla'n 'te, a falle dysgi di rwbeth o werth.'

Switshes i'r telifishyn mla'n a goffes i gau'n llyged achos o'dd 'na ddyn porcyn ar y bocs yn neud pethe rhyfedd i groten fach bert heb stitsh amdani heblaw pâr o gluste cwningen.

'Bî-bî-sî-tŵ!' gwaeddodd Duw. Diolch byth, achos o'n i ddim yn galler credu bydde fe moyn i fi weld shwt beth. Droies i fe i Bî-bî-sî-tŵ, yn falch o neud.

Ar Bî-bî-sî-tŵ o'dd program Opyn Iwnifyrsiti yn dachre. Sai'n siŵr os taw Opyn Iwnifyrsiti o'dd e whaith, ond beth arall sy mla'n yr amser 'na o'r nos? Program am drêns a reilwes.

Doth llaish Duw o drws nesa:

''Na beth ddylet ti fod yn neud, gwitho ar y reilwes, symud off dy din a neud joben iwsffwl o waith. 'Wy'n mynd i'r gwely. Watsia hwnna a dysga rwbeth.'

So 'na beth 'nes i. Am wn i bod e wedi mynd hefyd achos glywes i ddim o'i laish e wedyn, er bod 'u telifishyn nhw i glywed dal mla'n hefyd, yn blasto'r un program ag o'n i'n wotsio drwy'r wal.

Wotsies i'r program. Gweud o'dd hi am wahanol jobsys sy ga'l yn gwitho ar y trêns. Bob math o bethe. Dreifo a condycto, labro a gwitho bwyd, gwitho ticets a glanhau stesions. Digon o amrywieth. Ma raid i fi weud, o'dd e'n agoriad llygad i fi. O'dd Duw wedi agor 'yn llyged i. 'Co Eifion wedi colli'i waith ers blynydde a fynte nawr yn tynnu at 'i sicsti-ffyif a'i gefen e'n whare lan a finne'n iach fel cricsyn yn neud dim byd. 'Ma beth o'dd Duw ishe i fi neud. Gwitho ar y trêns. Ac o'dd e wedi dangos y ffordd i fi!

⌇

Lawr yn y *job centre* bore 'ma, o'dd geirie Duw yn dal i ganu yn 'y mhen i. O'n i'n danso rhwnt y placarde mowr a'r jobsys i gyd arnon nhw, yn treial whilo rhwbeth i neud 'da trene. O'n i wedi ca'l tröedigeth, chi'n gweld, o'dd Duw wedi rhoi un i fi nithwr.

A fel 'se Duw wrth 'yn ysgwydd i, ddes i o hyd iddi. Y job. Steshon Ca'fyrddin, *large as life* o 'mla'n i – yr enw 'wy'n feddwl, ddim y steshon 'i 'unan. *Cleaner* yn steshon Ca'fyrddin. Beth gelen i'n well i ateb galwad Duw?

Siarades i 'da'r ferch tu ôl y ddesg ac arenjodd hi i fi fynd i weld rywun dydd Iou ambitu'r job. Es i gatre, yn bownso bron iawn, moyn gweud wrth Eifion bo fi'n mynd i ddachre gwitho am fod Duw wedi gweud wrtho fi am neud.

Wrth bo fi'n cyrra'dd drws y tŷ, pwy ddoth mas o drws nesa ond Duw 'i 'unan a bag bin mowr du llawn yn 'i law whith e. Es i'n wan wrth 'i weld e.

'Bore da,' mynte fe a gwenu arno fi.

'Bore da,' lwyddes inne i ga'l mas rwffo.

'Cliro cowdel,' mynte fe a chodi'r bag du. ''Na beth sy o 'mla'n i heddi.'

Feddyles i amdano fe'n sorto pob annibendod mas yn y byd, yr holl bobol drwg a'r holl ryfelo'dd, ac o'dd e'n mynd i sorto'r cwbwl lot mas heddi. Wel, ddim y cwbwl *lot* wrth gwrs, sai mor naïf â chredu 'na. Neud beth alle fe mewn dwrnod, achos o'dd e ddim yn mynd i aller neud y cwbwl lot ar unweth, o'dd e? Fydde fe'n redyndant fory os lwydde fe i neud 'ny, a shwt Dduw fydde Duw redyndant?

''Wy wedi'i neud e!' medde fi wrtho fe'n ffili cwato'n egseitment.

'Do fe?' mynte fe 'nôl ar ôl eiliad fach, a'i lyged e'n fowr, fowr, a gwên fach yn whare ar 'i wefuse fe. O'dd yr un egseitment idd'i laish e ag o'dd ar 'yn un i. 'Da iawn ti.'

O'n i yn y nefo'dd! A'th e'n 'i fla'n i blonco'r bag yn y bin, a ddiseides i hongian ambitu wrth y drws nes bod e'n dod 'nôl i fi aller gweud diolch wrtho fe.

'Diolch,' medde fi wrtho fe.

'Sdim ishe i ti,' mynte fe, gan wenu'n llydan.

Ddoth Mair i'r drws wedyn ar draws pethe tam bach. Golwg ryff arni, golwg morw'n fach, ddim y Forw'n Fowr o'dd 'da'i enw am fod. Rwbeth yn sychlyd ambitu 'ddi serch 'ny – rwbeth bach yn posh.

'Hasta lan,' mynte hi wrth Duw heb gymryd bleind bit o sylw ohono i. 'Ma'r hwfyr ar y blinc a 'wy moyn i ti fficso fe.'

Nawr, fydde 'da Eifion ddim ffêntest bit o syniad shwt i fficso'n hwfyr ni, a dwmles i bach yn jelys o'r fenyw o'r 'na o'dd â Duw yn tŷ 'da 'i *twenty-seven four* i fficso unryw beth ele'n rong. Ond gofies i 'Meibil, a'r stori am hon yn geni'r mab yn *immaculate* heb i Dduw na Joseff na neb arall 'i thwtshyd hi – chi 'mbo, fyla – a dwmles i dwtsh bach o dr'eni drosti. Gath Eifion a fi flynydde o dwtshyd 'yn gili – chi 'mbo, fyla – cyn i ni dyfu mas 'no fe a pyrnu'r *twin beds*. A wedyn, stopes i dwmlo tr'eni drosti streit awê achos o'dd 'da 'i *fab*, nag o'dd e? Gath *hi* fab, yn wa'nol i fi, a fuodd dim *raid* iddi ga'l 'i thwtshyd fyla gan unryw ddyn. Na Duw.

'Lwcus y'ch chi,' medde fi wrthi, a 'na pryd shgwlodd hi arno fi gynta. Rhythu lawr 'i thrwyn arno fi, fel ma 'i'n neud yn bob llun weles i ohoni eriôd. Snoben.

A'th hi miwn i'r tŷ a'i phen-ôl hi'n bownso dan 'i chwt hi – ma canol o'd yn gweud ar y fenyw, synnech chi.

O'dd Duw ddim ar hast idd'i dilyn hi. Bwysodd e ar y wal rhwnt tŷ ni a tŷ nhw, a'i law e'n whare drwy'r fardd fowr wen o'dd ffili cwato'i wên e.

'Cefen Eifion yn well?' holodd e.

Ti ddyle wbod, medde fi wrth 'yn 'unan, ond wedyn, cyn i fi ateb, wedodd e:

'Digon o gerdded ambitu, 'na beth wellith gefen tost.'

O'dd e'n gwbod, chi'n gweld, o'dd e'n gwbod yn iawn. 'Fydd e'n danso obitu'r tŷ 'na wap,' mynte fe wedyn.

O'n i ffili diolch iddo fe â 'ngheg yn ddigon clou.

Ddachreues i dreial diolch iddo fe ond o'dd 'y nhafod i'n baglu dros 'i hunan i gyd. So beth 'nes i o'dd cwmpo ar 'y nglinie a rhoi 'nwylo at 'i gili fel o'n i'n neud yn capel, a dachre diolch iddo fe.

'O Dduw! O Dduw, diolch i ti! Diolch i ti am ddod i'n plith ni!'

Wherthin nath Duw, wherthin fel Santa Clos. O'n i mor falch bo fi wedi'i bleso fe.

'Wedodd deryn bach wrtho fi bo ti wedi ca'l twtsh,' mynte fe wedyn.

'Twtsh…?' holes i, ddim yn dyall.

'Twtsh o *grefydd*,' mynte fe. 'Dr'eni na 'se hon man 'yn yn 'i ddala fe.'

Ddachreues i feddwl ambitu Mair ddim yn gwerthfawrogi beth sy 'da hi. O'dd fowr o sbarc yn yr Iesu Grist 'na whaith 'to. Ond o'dd Duw'n darllen 'yn feddylie i, wrth gwrs.

'A'r mab 'ma,' mynte fe bach yn ddiflas 'i laish. 'Ma 'i'n bryd iddo fe neud rwbeth â'i fywyd.'

Gofies i 'Meibil 'to, a'r ffaith taw ddim ond ar ddiwedd 'i o's nath Iesu Grist ddachre gadel 'i farc. O'dd Duw yn plano hyn iddo fe wrth siarad 'da fi ar stepen y drws, chi'n gweld.

'Eith e'n bell,' mynte fi wrtho fe. Achos o'dd e wedi mynd yn bell ofnadw tro dwetha, nag o'dd e?

'Eith, 'da cic yn 'i ben-ôl e gynta,' mynte Duw, a bant ag e miwn i'r tŷ.

Es i i weud yr hanes wrth Eifion, ond wrth 'i weld e'n sownd yn Jeremy Kyle, benderfynes i beido. Ma fe'n ame popeth 'wy'n weud wrtho fe am Duw drws nesa, a dim ond moelyd y cart fydde siarad crefydd wrtho fe a Jeremy Kyle mla'n.

∽

Wel! Gredech chi byth pwy gath intyrfiw yr un pryd â fi heddi am y job yn y steshon. Iesu Grist 'i 'unan! Fel 'se Duw wedi'i orchymyn e hefyd i fynd i whilo am waith ar y reilwes, yn gwmws fel o'dd e wedi neud i fi. Rhaid bod 'i dad e wedi gweud wrtho fe am 'i siapo hi a dachre mynd mas 'na i bysgota dynon a phregethu, achos sai prin wedi'i weld e mas o'r tŷ o'r bla'n ar wahân i pan ma fe'n mynd lawr i'r siop jips i hôl swper.

O'dd y ddou 'no ni'n ca'l intyrfiw yr un pryd. Ar 'yn tra'd o fla'n y tai bach ar blatfform steshon Ca'fyrddin, a rhyw fenyw mewn dillad condyctyr neu rwbeth i neud 'da'r reilwes yn holi cwestiyne i ni.

'Chi'n galler dala brwsh llawr?' holodd y fenyw yn ddigon oeredd.

''Wy'n galler neud gwyrthie 'da brwsh llawr,' mynte Iesu Grist wrthi, ac es i ddim i ddadle 'da 'ny.

Nawr, a'th pethe'n bach o ffradach yn 'yn feddwl i yr eiliad weles i bo fi'n treial am yr un job â Iesu Grist. Y peth dwetha o'n i moyn neud o'dd sarnu cynllun mowr Duw. Ond o'n i ffili gweld whaith shwt o'dd Iesu'n mynd i aller lledaenu neges cariad drwy'r byd a fynte'n gwitho fel *cleaner* ar blatfform steshon Ca'fyrddin. Y tro dwetha ddoth e i'r byd, fuodd e'n cer'ed ambitu'r wlad (ddim Cymru, o'dd Cymru ddim i ga'l pryd 'ny) yn pregethu a casglu dynon a neud majic a sai'n credu bod job 'dag e radeg 'ny. Ddim i fi glywed ta beth.

Ond pwy 'yf i i fynd i dreial gwitho pethe mas, feddyles i.

Rhaid bod Duw'n gwbod beth o'dd y plan a nage'n lle i o'dd gofyn cwestiyne.

So stices i at ateb y cwestiyne o'dd y fenyw yn steshon Ca'fyrddin yn ofyn i fi. Odw, 'wy'n galler gwagu bins, odw 'wy'n galler brwsho llawr, odw 'wy'n galler glanhau tai bach. 'Wy wedi bod yn briod 'da Eifion ers fforti iyrs, 'wy'n gwbod beth yw toilet brysh.

Ta beth, sai moyn diflasu neb 'da'r manylion. Pen draw'r cwestiyne o'dd i Iesu Grist *a* fi ga'l cynnig job yn steshon Ca'fyrddin, Iesu Grist i stico at y platfform a'r stafell aros a finne i stico at y tai bach a'r stafello'dd bach erill – y tai bach, wedodd hi, achos taw menyw o'n i, ag o'dd menywod wedi arfer côpo 'da stecs toilets, sy'n neud sens, yn dyw e?

Dachre fory.

Jyst fel o'dd y fenyw yn y dillad reilwei'n benni, ddoth 'na neges dros yr inter-peth 'na.

'Y trên nesa i adel platfform un fydd y trên Haleliwia i fywyd tragwyddol…'

Ar y point 'ma, dachreuodd y bachan o'dd yn siarad ganu'r gân 'na yn y *charts*: 'Hal-e-liw-ia! Hal-e-liw-ia!'

Bloeddo canu fel rwbeth ddim yn gall. Bipes i ar y fenyw fach ac ar Iesu Grist, ond do'n nhw ddim i weld yn sylwi, neu ddim yn cyffro, ta beth. Feddyles i gallen i ganu gyda'r bachan ar yr inter-peth 'na, ond wrth bo fi'n agor 'y ngheg i neud –

'Doreen,' mynte fe – yr inter-peth 'na. Yn siarad 'da *fi*. 'Doreen! Croeso i steshon Haleliwia! Croeso i daith gerdded yr Ysbryd Glân dros ddaear Duw!'

Jiw, o'dd Cymrâg da 'dag e. Bipes i draw ar Iesu Grist, ond o'dd e'n edrych ar 'i dra'd. Gwyledd, feddyles i, ddim moyn tynnu gormod o sylw ato fe'i 'unan, whare teg.

'Haleliwia!' medde fi, ac edrychodd y fenyw bach yn od arno fi. Benderfynes inne bido tynnu gormod o sylw ato fi'n 'unan whaith, so ysgwydes i 'mhen – sdim ots. Dreies i fod yn wyledd fel Iesu Grist, so edryches i lawr ar 'y nhra'd fel o'dd e'n neud ar 'i dra'd ynte. A'th y fenyw yn 'i bla'n i weud wrthon ni'n dou lle o'n nhw'n cadw'r *bleach* a'r cemicals erill ond o'n i prin yn g'rando arni. Rhag ofan i'r inter-peth 'na dreial siarad 'da fi 'to. Ond nath e ddim.

Es i gatre. Sai'n gwbod lle a'th Iesu Grist. Ges i bip arno fe'n cer'ed lan at y Queens, a feddyles i falle taw 'na lle o'dd e am ddachre whilo am ddynon, sai'n gwbod. Bydd raid iddo fe fynd 'na ar ddydd Sadwrn os yw e'n whilo am briodas i droi'r dŵr yn win, a sai'n gwbod beth fydde point neud 'ny yn y Queens achos 'wy'n siŵr bod digon o win 'da nhw'n barod, ond go brin fydde fe'n neud yr un wyrth â tro dwetha rownd, ta beth. Er bod y Beibil yn ailadrodd 'i 'unan itha lot, o'dd dim lawer o repeato gwyrthie yndo fe, whare teg.

Ta beth, 'wy'n gadel i 'mhen i whare ambitu 'da manylion diwin-bechingalw a ddyle fe ddim. Ddim 'yn lle i yw dadle 'da'r drefen na treial dyall y plan mowr, nage fe?

O'n i'n egseited bost yn mynd gatre. Ishe gweud wrth Eifion bo fi wedi ca'l job wrth gwrs, er nag o'n i'n siŵr o gwbwl beth wede fe. Ond os fydden i'n onest, moyn gweld os gwelen i Duw o'n i, moyn gweud wrtho fe am y job – er y bydde fe bownd o fod yn gwbod yn barod – a moyn diolch iddo fe, achos iddo fe *fydde*'r diolch, i bwy arall?

A wir i chi, raid bod e wedi ateb 'y ngweddi i achos pwy o'dd yn sefyll yn drws a'i freichie wedi'u plethu pan ddes i gatre ond Duw 'i unan.

'Diolch,' wedes i. 'Ges i'r job.' A chofio'n streit am 'i fab e. 'A fe gath dy fab di job hefyd.'

'Itha da,' mynte Duw. ''Wy wedi bod yn pregethu wrtho fe fynd i whilo am waith. Hen bryd iddo fe neud rwbeth.'

'Neith e ddachre da iddo fe,' medde fi. 'Steshon Ca'fyrddin heddi, pen draw'r byd fory.'

Wherthin nath Duw. 'Gore po gynta,' mynte fe. 'Falle gallet ti roi gweddi fach miwn iddo fe yn capel dydd Sul,' mynte fe wedyn drwy'i wherthin.

'O, 'wy'n neud 'ny'n barod,' atebes i.

'Weda i wrthot ti beth,' mynte Duw wedyn, a stopo wherthin, ond o'dd e'n dal mewn hwylie da. 'Dere miwn am ddished o de ryw ddwrnod, pan fydd *hi* mas yn siopa. Gei di a fi siarad ambitu'r pethe 'ma.' Blygodd e lawr yn agos reit ato i. 'So *hi*'n dyall crefydd a stwff,' sibrydodd e yn 'y nghlust i, a'i fardd e'n goglesh 'y nhalcen i.

O'dd hinny'n synnu fi tam bach, ma raid i fi gyfadde, bod Mair ddim yn dyall crefydd. Ond 'na fe, ma Eifion wystyd yn lladd ar y Catholics. Falle bod e'n iawn am unweth. 'U menyw *nhw* o'dd Mair yn y diwedd. Menyw fowr yn Werddon, ond o's fowr o fynd arni ffor hyn.

'Gewn ni bobi ddished o de a gei di weud popeth wrtha i ambitu beth sda ti ar dy feddwl. Dim gair wrth Eifion a weda i ddim gair wrth hon.'

Gododd e'i aelie arno fi wrth 'i weud e, ag o'n i'n 'yn seithfed nef. Ddim pawb sy'n galler gweud bo nhw wedi ca'l gwahoddiad i ga'l *private chat* bach 'da Duw.

'Te,' medde fi, i gadarnhau.

'Ie,' mynte fe. 'Gas 'da fi goffi.'

Ddiolches i iddo fe a rhedeg miwn i'r tŷ i dowlu'r botel Maxwell House i'r bin a chario'r bin mas wedyn i'r bin mowr yn y ffrynt yn lle bod y coffi'n tynnu'r jafol miwn i'r tŷ.

'Beth yffach ti'n neud, fenyw?' wedodd Eifion wrth 'y ngweld i wrthi.

'Lle ma'r sachets 'na ddwgest ti o'r Ivy Bush ar stag night Bili Budur?'

Edrychodd Eifion arno fi fel 'sen i'n 'i cholli hi. O'dd y *sachets* yng nghefen y cwpwrd rwle ers tsha pum mlynedd, a finne wedi'u cadw nhw rhag ofan 'sen i'n rhedeg mas o Maxwell House ac Eifion moyn 'i ddished o goffi.

'Te sy yn tŷ 'ma o nawr mla'n,' gyhoeddes i wrtho fe heb adel unryw le i ddadle. 'Sdim coffi'n ca'l croesi stepen y drws. Fwy na 'ny, sai moyn clywed y gair yn y tŷ 'ma byth 'to.'

'Beth? Coffi?' gofynnodd Eifion a'i wep e'n cwrdd â'r llawr.

'Ie,' medde fi. 'Paid â'i weud e!'

'Yffach gols, fenyw!' gwaeddodd e arno fi cyn slamo'r drws a mynd miwn i'r lownj i wotsio hen dêps o Jeremy Kyle.

Fe ddaw e i ddyall, feddyles i wrtho fi'n 'unan. Fe agorith Duw 'i lyged e, a fynte'n byw drws nesa.

Ond ddiseides i beido gweud wrtho fe am y job. Ddim 'to. Ddiseides i adel iddo fe gwlo lawr 'da Jeremy gynta.

∽

Synnodd e fi, a gweud y gwir. Achos pan wedes i wrtho fe bore 'ma bo fi'n mynd lawr i witho i'r steshon, o'dd e'n itha balch. Holodd e gynta pwy o'dd yn mynd i witho cino iddo fe ag atgoffes i fe lle ro'dd y siop jips, a wedyn wedodd e:

'Neith les i ti fynd mas o'r tŷ.'

'Na'r union eirie wedodd e wrtho fi pan fuodd Mam farw ddachre'r flwyddyn, 'i eirie cydymdeimlad e i fi. 'U gweud nhw'r un ffordd hefyd. Yn neis. Ddim fel Eifion fel arfer o gwbwl. Fel 'se fe'n becso amdano fi. Ac o'n i ddim byth jyst yn mynd mas o'r tŷ y pymtheg mlyne o'dd Mam yn wael, jyst lawr i'r siop a 'nôl, lawr i'r siop a 'nôl, lawr i'r siop a 'nôl, achos o'dd Mam 'yn angen i gatre, i godi ar 'i histe, i orwedd ar 'i chefen, i droi ar 'i hochor, i newid 'i chewyn hi, a rhoi bwyd yn 'i cheg hi, i olchi'i gwyneb hi, a'i phen-ôl hi, a'r gweddill ohoni unweth yr wthnos, ag i neud 'i gwallt hi, i wishgo'i chardigan hi, ac i siarad 'da 'i.

Y dwrnod ar ôl iddi farw ar ganol 'i Chomplan – 'Strôc,' wedodd y doctor, 'peth da bod hi wedi ca'l mynd yn syden' – y dwrnod wedyn symudodd Duw a Mair a Iesu Grist miwn drws nesa. 'Wy mor falch bo nhw wedi neud, achos sai'n gwbod beth fydden i wedi neud fel arall.

'A daw job â bach o arian miwn,' mynte Eifion bore 'ma. 'Ma digon o'i ishe fe, rhwnt y credit crunch a popeth.'

Sai'n dyall beth yw *credit crunch* yn 'unan a sai'n credu bod Eifion whaith ond ma fe'n rhwbeth ma bobol yn gweud, yn dyw e?

'Glywest ti bod Jones y Bwtshwr yn cau?' mynte Eifion wedyn, a doth 'na ryw ole o'r nefo'dd lawr i gwrdd â'n llyged i.

'O'n i'n gwbod taw trwbwl gele fe,' medde fi wrth gofio Duw yn gweud y bydde Jones y Bwtshwr yn difaru am 'i regi fe y dwrnod 'ny gerddodd Duw mas o fla'n 'i fan e. 'Barn Duw, 'na beth gaeodd 'i siop e.'

'O God!' mynte Eifion o wilod 'i fola yn rhwle, a 'nes i ddim rhoi tanad iddo fe am gymryd enw'r Arglwydd yn ofer, achos o'n i ddim yn berffeth siŵr taw yn ofer wedodd e fe. O'dd ryw angerdd yn 'i lyged e, a dachreues i fentro gobitho bod ynte'n dachre dod i nabod Duw drws nesa fel o'n i wedi neud.

A 'na pryd gofies i am y cwpane coffi yn y cwpwrd. Cwpane *coffi* o'n nhw, ddim cwpane dim byd arall. Sai'n gwbod pam feddyles i amdanon nhw yr union eiliad honno, heblaw bo fi'n treial gwitho mas beth *o'dd* yn rhwystro Eifion rhag gweld Duw fel o'n i'n 'i weld e – a meddwl beth allen i fod yn neud yn rong, a meddwl am y ffordd o'dd Duw wedi ffieiddio at goffi, a chofio'n syden fel 'na am y cwpane ddoth yn bresant Dolig 'tho Vera 'yn whâr yn Southport pan o'dd hi'n byw 'na, pan o'dd hi byw, 'da *sachets* o goffi swanc tu fewn iddon nhw yn y papur clir, un i Eifion ac un i fi. So redes i at y cwpwrd a Eifion yn sefyll 'na, a thynnu'r ddou gwpan o bellafion y cwpwrd a'r dwst, a gafel yndon nhw gerfydd 'u breichie fel gafel mewn dou lyffant, dala 'mreichie mas o 'mla'n yn bell rhag i iot o'r coffi fuodd yndon nhw o'r bla'n dwtshyd 'y mysedd i â'i aflendid, a mas â fi i'r bac, lawr y llwybyr reit at y wal, a fflingo'r ddou gwpan nerth esgyrn 'y mreichie dros 'i phen hi i'r ali rochor draw, bant oddi ar 'yn tir ni.

'Mas! Mas o 'mywyd i!' medde fi, ac anadlu'n ddwfwn, ddwfwn fel 'sen i'n drachto dŵr y bywyd.

Droies i rownd. O'dd Eifion yn sefyll yn drws y bac yn 'yn wotsio i mor glòs â 'se fe'n wotsio Jeremy Kyle.

A drws nesa, yn 'i ardd, a blode whyn, blode bendigedig dant y llew a llyged y dydd rownd 'i dra'd e – o'dd Duw!

'Ges i wared arnon nhw!' waeddes i idd'i gyfeiriad e. 'Dowles i nhw mas o 'mywyd!'

'Do fe?' atebodd Duw fi heb ddistyrbo ryw lawer.

'Ti'n meddwl bo fi wedi towlu nhw ddigon pell?' holes i wedyn wrth i bwl o arswyd ddod drosto fi. Bipodd Duw draw ar Eifion, ond o'dd hwnnw'n dal i rythu arno fi fel rwbeth ddim yn gall.

'Do, siŵr o fod,' medde Duw. 'Paid ti becso nawr.'

Ac o'dd 'i eirie fe mor neis, 'i laish e mor annw'l, fel geirie'r addfwyn o'n – geirie *tad* yr addfwyn o'n 'te, gan fod yr addfwyn o'n 'i hunan yn dala yn 'i wely, am wn i – llaish mor dyner, fel bo fi wedi mynd i dwmlo fel 'se'i freichie fe amdano fi'n 'y ngwasgu i ato fe fel tad, yn 'y nghadw i'n gynnes, yn cymryd yr holl ofidie bant oddi wrtho fi, a chariad yn 'y nghyrra'dd i drwy'i freichie fe, cariad a thosturi fel nag 'wy'n cofio, 'na fel o'dd 'i laish e'n swno yn 'y nghlustie i. Paid ti becso nawr, paid ti becso nawr. A wir i chi, becso o'dd y peth dwetha o'dd ar 'yn feddwl i.

Ond whalodd Eifion bethach braidd drwy weud:

'Blydi boncyrs, 'na beth yw hi!' wrth Duw.

Gweud shwt beth wrth Duw…

A chi'n gwbod beth wedodd Duw 'nôl wrth Eifion? Wedodd e:

'Ma 'i'n oreit, Eifion. Fydd Doreen yn oreit.'

'Na beth wedodd e. Ag o'dd 'y nhu fewn i'n canu gogoniant

yn y goruchaf. Ma fe'n dala i ganu, 'y nhu fewn i. *'Wy'n mynd i
fod yn oreit!*

A'th Eifion miwn i'r tŷ. A nath Duw yr un peth ar ôl gwenu
gwên toddi caws arno fi.

O'dd Eifion ar y ffôn 'da rhywun. Es i miwn a gaeodd e'r drws
yn lle bo fi'n clywed. A 'na pryd gofies i am steshon Ca'fyrddin.
Edryches i ar y cloc ar wal y gegin a gweld bod fi'n dachre yn y
job mewn cwarter awr!

Redes i lawr i'r bỳs stop ffwl pelt. Ond o'n i'n mynd i fod yn
oreit achos o'dd e wedi gweud, nag o'dd e?

O'dd Iesu Grist 'na o 'mla'n i â brwsh llawr yn 'i law, yn
brwsho'r patshys glân ar y platfform gan gadw bant wrth y
corneli lle o'dd yr holl stecs yn casglu. O'dd 'i feddwl e ar 'i
genhadeth fowr, siŵr o fod.

Lanhaies i'r tai bach nes bo nhw'n shino a'r bêsyns a'r glàs yr
un peth. O'n i'n browd o'n 'unan ac yn twmlo'n iach reit. Falle
bod Eifion yn gweud y gwir: *o'dd* mynd mas o'r tŷ'n neud lot o
les i fi.

Ac o'dd *E* wedi gweud bo fi'n mynd i fod yn oreit!

Ofynnes i i Iesu Grist lle o'n nhw'n cadw'r brwsh bach a
pan a wedodd e 'Dilyn fi' a 'nes i 'ny gan feddwl falle'i fod e
wedi dachre pysgota dynon a moyn i fi helpu fe i achub y byd,
nes iddo fe ddangos drws y stafell frwshys a mops i fi, a gofies
i'n streit taw menyw o'n i, ddim dyn, a wedyn gelen i ddim o'i
ddilyn e i unman, na chelen i? Gatre 'da Eifion o'dd 'yn lle i,
ddim mas yn achub eneidie. Ond o'dd dim ots 'da fi, a Duw yn
byw drws nesa.

Pan gyrhaeddes i gatre, o'dd car wedi'i barco tu fas i drws
nesa, car mowr itha smart 'i olwg, er bo 'da fi ddim syniad pwy
frand o'dd e. Un o'r seintie neu'r proffwydi feddyles i gynta, a
meddwl wedyn mor dwp o'n i'n meddwl shwt beth. Hen bethe'r
o's o'r bla'n yw seintie a phroffwydi, yntefe? Sneb yn coelo bod
nhw'n bod heddi, a weles i'n itha syden bo fi'n rong achos pwy

ddoth mas o'r tŷ, a Duw wrth 'i sodle fe'n tampan yn ôl 'i olwg (jawch, am olwg na weles i eriôd o'r bla'n ar 'i wedd e) – pwy ddoth mas o'r tŷ ond y bachan-sai'n-cofio'i-enw-fe o'r Cownsil ddoth i whilo am 'i rent aton ni o'r bla'n, flynydde'n ôl pan gollodd Eifion 'i job ar y bysys, a ffilon ni dalu rhent am rei misho'dd, a Mam yn sâl ar 'yn feddwl i fel bo fi wedi anghofio popeth am y rent. Fe o'dd e, alla i gofio wep y jawl yn glir. O'dd Duw yn galw ar 'i ôl e:

'Pigo ar y diniwed! Pickin' on the innocent!' O'dd e'n cyfieithu wrth fynd yn 'i fla'n achos Cymrâg o'dd yn dod mas yn 'i natur e, ond o'dd dim gair o Gymrâg 'da bachan y Cownsil, a ma pob iaith dan houl mor rhwydd â'i gili i Duw, nag y'n nhw?

A'th bachan y Cownsil bant yn 'i gar swanc a ddiflannodd natur Duw wrth iddo fe droi ato fi.

'Moyn 'i rent o'dd e?' fentres inne ofyn.

'Ie,' medde Duw braidd yn embarasd. (Whare teg, embarasd fydden inne yn 'i le fe hefyd. Arglwydd yr Holl Genhedlo'dd yn ca'l 'i fychanu fyl'a 'da ryw biblyn bach o'r Cownsil.)

'Mamon,' medde fi i ddangos bo fi'n dyall.

'Ie,' mynte Duw, yn dal bach yn anghysurus.

'Paid becso,' medde fi. 'Faint sy arnot ti iddon nhw?'

'Cwpwl o ganno'dd,' mynte Duw.

'Cwpwl o ganno'dd,' medde fi, yn treial meddwl shwt allen i grafu cwpwl o ganno'dd at 'i gili heb i Eifion whilo mas. 'Gaf i weld beth alla i neud.'

'*Nelet* ti?!' O'dd 'i lyged e'n fowr uwchben 'i fardd e.

''Wy'n synnu bo ti'n goffo gofyn,' medde fi wrtho fe. 'Ti'n gwbod yn net nelen i.'

Falle nag *yw* e'n gwbod popeth, sach 'ny. Y busnes ewyllys rydd 'ma, sa i eriôd wedi'i ddyall e, ond rwbeth i neud 'da hyn o'dd e, syrten, achos os fydde Duw'n galler darllen meddwl pawb, beth fydde 'na i stopo fe – a fynte'n hollalluog – i olchi'r budreddi mas o'n meddylie ni a neud pawb yn berffeth? Ond ma 'na'n mynd â ni 'nôl i'r *redundancy notice* fydde Duw'n 'i ga'l… a so ni moyn mynd man 'ny.

'Wel, diolch yn fowr, Doreen!' mynte fe ar draws 'yn meddylie i.

'Diolch i *ti*, Arglwydd,' medde fi, yn itha embarasd 'yn 'unan nawr bo Duw wedi gweud diolch wrtho fi.

∾

Ta p'un 'ny. I dorri stori hir yn fyr, ges i'r arian iddo fe. Es i'n streit lawr i'r banc pyrnhawn ddo a tynnu beth o'dd 'da ni mas, heb fecso iot beth wede Eifion os while fe mas achos os yw hi'n dod yn ddewis rhwnt Eifion a Duw, wel, sori ond Duw sy'n ca'l 'yn fôt i bob tro. Ag o'dd e werth e er mwyn gweld y wên fowr ar wyneb Duw pan roies i'r arian iddo fe mewn enfilop gynne fach. A wedodd e 'diolch' wrtho fi eto. Sawl gwaith!

'Ddof i miwn am y ddished 'na o de ryw ddwrnod. Fydd 'na'n fwy na digon o ddiolch,' medde fi wrtho fe.

'Wy ffili wito.

Licsen i 'se Eifion yn dod 'da fi, ond 'wy'n gwbod na ddaw e ddim.

O'dd Eifion, fel finne, yn *gwbod* gelen ni fabi. 'Na fel o'n ni'n siarad ambitu fe pan briodon ni – ambitu'r babis o'dd yn mynd i ddod. O'dd e ddim yn fater o dreial, o'dd e'n mynd i ddigw'dd a 'na fe. O'dd ddim shwt beth â ffili, dyddie 'ny.

Ddalon ni mla'n i dreial am flynydde, ac o'n i'n *gwbod* ddele t'ulu… un crwt bach ac un groten fach falle, beth bynnag ddele yn y parsel. Dala mla'n i wbod dele babi, 'na beth nison ni. Ca'l ryw gyment o sbort wrth dreial, sai'n gweud. O'dd Eifion yn lico'r treial fwy nag o'n i, ond o'dd rwbeth itha neis yn yr hei-jincs gelen ni yn y gwely 'fyd, alla i ddim gwadu.

Hales i flynydde'n drychid yn 'yn nicyrs bob bore, jyst rhag ofan ddale nhw'n lân ddigon hir i fabi fagu gwreiddyn tu fewn i fi. O'n i'n gwbod ddele 'na un bach neu un fach yn y man ond i fi ddala mla'n i gredu.

Ond o'dd y gwa'd yn dod bob mish mor syrten â tic-toc y cloc yn gegin.

Ma raid bod 'da Duw 'i resyme. 'Nes i styried gofyn iddo fe, a falle 'naf i 'to – falle ofynna i iddo fe pan af i draw 'na am ddished o de 'dag e – ond sdim llawer o boint nawr a'r gwa'd wedi stopo ta beth ers blynydde i roi stop ar y gobeitho.

'Ma rai pethe ddim i fod,' wedodd Eifion rwbryd wedyn.

Ag o'dd adeg pan fydden i wedi dadle 'da Duw, wedi begian arno fe i newid 'i feddwl neu weud 'i resyme. Ond shwt chi'n newid meddwl Duw?

Arno fi ma'r bai, siŵr o fod. O'n i mor syrten gelen i fabi a meddwl shwt un fydde fe fel na sylwes i gyment o amser o'dd yn pasio. Ag a'th hi'n rhy hwyr i dreial adopto neu fentyg fel ma rhei bobol yn neud.

O'n i mor ffyddiog ddele un i ni. A ddoth dim un.

Ta beth am 'ny, ma 'na'n hen hanes a ma Eifion 'i hunan yn ddigon o fabi, nag yw e?

A Mam.

Fe *nath* Duw ateb 'y ngweddïe i, ond a'th rwbeth bach o whith yn y post rhwnt y weddi a'r ateb.

Gath hi'r strôc gynta, ddim yr un laddodd hi, a ddoth hi i fyw aton ni achos bod hi'n ffili byw'i hunan, a sbos taw 'na shwt atebodd Duw 'y ngweddïe i. Mam ddoth, i fi olchi a newid a bwydo a siarad 'da hi, gwmws fel ca'l babi bach yn tŷ. So a'th yr holl ffydd 'na ddim yn wast yn diwedd, gallech chi weud.

A gath Eifion a fi *twin beds*.

∽

Digwyddodd rwbeth rhyfedd bore 'ma. Sai cweit yn dyall beth i neud ohono fe.

Godes i'n gynnar er mwyn ca'l bach o drefen ar y tŷ, cwmoni tam bach, cyn mynd lawr i'r steshon at Iesu i lanhau'r tai bach. Agor cyrtens yn 'yn stafell wely ni o'n i pan weles i globen o fan fowr wen yn parco tu fas i drws nesa. Sefes i 'na am bach, yn hanner dishgw'l gweld dwsin o ddisgyblion yn dod mas o'i bac hi.

Ond ddoth 'na ddim.

Wedyn 'ny, doth Mair mas o'r tŷ'n cario un pen i soffa itha anniben yr olwg wysg 'i chefen (Mair, ddim y soffa, so'r drws ddigon llydan i'r soffa ddod mas wysg 'i chefen). A pwy o'dd ben arall y soffa'n helpu 'i chario hi mas – y soffa, ddim Mair – o'dd Duw.

Ma nhw'n riffyrnisho'r lownj, feddylies i. Ond wedyn, a'th y ddou 'nôl miwn i'r tŷ ar ôl parco'r soffa wrth y fan a ddoth 'na ddou fachan arall mas yn cario globen o wordrob fowr, a'i pharco hithe wrth ochor y soffa a mynd i agor drws y fan. Wrth i'r ddou fachan diyrth gario'r soffa miwn i'r fan, a wedyn y wordrob miwn i'r fan, o'dd Duw a Mair yn cario bocsys a stwff cegin mas o'r tŷ a miwn i'r fan.

O'dd e'n dishgw'l i fi'n gwmws fel 'sen nhw'n symud.

All e byth! feddylies i. Allith Duw ddim symud! I lle eith e? Allith e byth â gadel drws nesa, 'y ngadel i! A so Eifion wedi dachre'i nabod e 'to, ddim fel y'f fi'n 'i nabod e.

Gwmpodd rwbeth tu fewn i fi ag o'dd dim egni 'da fi ar ôl yn 'y nghorff i fynd i edrych beth o'dd e a'i godi fe lan.

Iesu Grist, feddylies i! So Iesu Grist yn mynd 'da nhw a fynte newydd ddachre'i job yn steshon Ca'fyrddin. Ond yr eiliad ddoth hinny miwn i 'mhen i, pwy welen i'n cario llond 'i freichie o ryw fidios a sî-dîs a phethach fyl'ny ond Iesu Grist.

O'dd bob pishyn ohona i'n gwinio, fel 'se fe'n gwidu am mas, bob owns o gro'n sy 'da fi'n troi tu whith.

'Na!' medde fi. 'Na, na, na! O Dduw, paham y'm gadewi?' Gofies i rwbeth o 'Meibil, ag o'dd e i weld yn apt, so wedes i fe eto. Yn uwch. 'O Dduw, paham y'm gadewi?'

O Dduw! Paham y'm gadewi?!

Gododd Eifion o'i gwsg a'i wely fel 'se rywun wedi treial 'i sithu fe.

'Beth yffach sy'n bod arnot ti?' mynte fe'n ddiamynedd a ddoth e draw i weld ar beth o'n i'n dishgw'l mas drw'r ffenest.

'Wel, wel, ma Darwin yn 'yn gadel ni, yw e?' mynte fe'n jicôs reit a ffiles i ddala'n 'unan rhag troi rownd ato fe a phwno'i jest e nes bo fe'n neud smante fel 'se fe mewn po'n, ond alle fe byth bod achos o'dd y po'n i gyd tu fewn i fi, ond nath e ddim bwrw fi 'nôl, dim ond dala'i afel gystal â galle fe ar 'y ngarddyrne i i stopo fi bwno'i jest e.

Daweles i lawr tam bach mewn sbel.

'Ma raid i fi stopo fe,' wedes i'n itha gwan wrth wotsio Duw'n neud trip arall â llond 'i freichie o stwff o'r tŷ i'r fan.

'Alli di ddim 'i stopo fe,' mynte Eifion a'i freichie fe'n dynn amdano fi yn lle bo fi'n treial mynd lawr 'na i neud 'ny. 'Ti'n gwbod na elli di. Duw yw e. Shwt ti'n stopo Duw, Doreen fach?'

Prin bod 'da fi nerth ar ôl i ddadle.

'Ma raid i ni fynd i weld rywun,' mynte Eifion wedyn mewn llaish gwa'nol.

'Gweld pwy?' holes i, ddim yn 'i ddyall e o gwbwl. Atebodd e ddim, jyst dala'n sownd yndo fi.

A fyl'a fuon ni, fe a'i freichie amdano fi i'n stopo i redeg lawr stâr a mas o'r tŷ ar 'u hole nhw, nes i'r tri fynd miwn i bac y fan a'r ddou fachan diyrth miwn i'r ffrynt, a dreifo bant.

'Tybed pwy ddaw yn 'u lle nhw?' mynte Eifion yn dawel wrth 'y ngosod i lawr ar y gwely am bod dim egni 'da fi i neud dim byd ond gorwedd nawr bod Duw wedi gadel.

'Gobeitho'r nefo'dd nage'r jafol ddaw,' mynte fe wedyn wrtho'i hunan o dan 'i wynt i ateb 'i gwestiwn 'i hunan.

Ma raid i fi weud, o'dd e'n swno fel 'se fe wedi ca'l llond bola.

Amen Gwen

'Well 'ŵan, Gwen?'

Byd yr ystlys chwith. Brafiach. Mi oedd 'na hen wayw efo byd yr ystlys dde, heb gael 'y nhroi ers oria. Trowch y dorth iddi gael gneud yn iawn!

Yr un olygfa, fwy neu lai, yr ochr dde a'r ochr chwith. Debyg i'r un dois i iddi gynta. Byd disbectol, tri gwely mewn ward a nenfwd a llawr a darna o bobol yn symud ar draws. Symud o'r chwith i'r dde, o'r dde i'r chwith. A weithia bolia a breichia'n dŵad tuag ata i.

Bolia a breichia prysur, ffurfia niwlog. Breichia'n 'y nhroi i, yn tylino'r dorth a'i thynnu i'w lle. Bolia'n rhwbio blaen 'y nhrwyn.

Well 'ŵan, well 'ŵan, fedra i feddwl 'ŵan, mwy na dim ond meddwl poen, er cymaint o gyfaill ydi hwnnw weithia i fygu meddylia erill.

Ramsar hynny, radag ddes i gynta, i fama neu debygifama, byd disbectol fy ochr chwith neu fyd disbectol fy ochr dde, mi oedd Mam efo fi, siŵr, a'i breichia hi fysa wedi 'nghodi i, ddim breichia'r nyrs siarad babis, a'r nyrs ffedog staen, a'r nyrs bol mawr tyn, tyn (bechod, mae'n bryd iddi fyrstio, be mae hi'n neud yn dal yma, dduw mawr yn unig a ŵyr, fatha dafad yn cae), a'r nyrs siaradar'ichyfar. Drosd ddeg a phedwar ugain mlynedd yn ôl, hwy na gwylia yng Ngwales, breichia Mam fysan nhw.

Gafodd Mam drip i sbyty, oedd raid bod petha'n ddrwg, raid bod 'y nyfod i lawn gyn anoddad â 'mynd i.

Well 'ŵan, Gwen? wir! Pam traffarth gofyn? Fatha tasa gin i hôps o ddeud wrthi. Fedra i drio gwenu, ond dwi'm yn siŵr 'mod i'n cofio sut. Cwestiyna heb atebion iddyn nhw sy'n cael 'u gofyn rŵan a finna 'di atab cymaint o'r blaen.

'Sbiwch!' medda hi rŵan eto, a stwffio cylchgrawn o flaen 'yn llygaid i, efo llunia rw frychod brenhinol ynddo fo.

'Tydan nhw'n edrach yn dda, tydi o'n edrach fatha dylia prins edrach?'

Wiliam fab Twp ap Twpach na fuo erioed yn brins i fi, a'i wraig Cêt, anorecsig fatha'i mam-yng-nghyfraith o'i blaen hi.

Chawn nhw'm ateb genna i, y bolia a'r breichia 'ma, sy ddim yn freichia Mam.

Mae'r gorweddiog yn fwy cyfarwydd â bolia na wyneba. Bolia'n siarad, a finna'n atab yn 'y mhen. A breichia'n cyweirio cynfasa amdana i'n ddiog. Lwmp. Ddisymud, ddi-sŵn. Heblaw'r symud yn 'y mhen. A'r syna mae 'nghorff i'n 'u gneud heb unrw wahoddiad gin i.

Mi garion nhw fi o fyd 'yn ochr dde i i fyd 'yn ochr chwith. Mi garion nhw fi, ond fûm i ddim yn fabi cariad i neb ers amser hir.

'Well 'ŵan, Gwen?' medda Mam ar ôl fi daflyd 'y mherfedd fyny i'r ddesgil taflyd i fyny a hitha'n cribo 'ngwallt i 'nôl o 'ngwynab efo'i bysidd. Dwi'n methu siarad, ond ddim strôc sy ar fai, ond colli 'ngwynt wrth fynd yn sâl, felly dwi'n nodio 'mhen, a ma Mam yn rhoid 'i llaw ar 'y nhalcen i a deud 'Dim ysgol heddiw, madam,' a finna'n rhy sâl i boeni am y gwaith copïo ddaw am wastraffu dwrnod yn sâl, ac am eiliad dwi'n meddwl, be os dwi'n sâl go iawn, sâl dihoeni a marw, ond mae Mam yma'n gry ac yn ysgafn 'run pryd, ddim yn ddwys fel oedd hi pan fuo Norman drws nesa farw o niwmonia cyn bod o'n bump a finna'n bump adra ym mreichia Mam fatha tasa hi'n rhoi hi'i hun rhyngtha fi a niwmonia Norman. A Mati drws nesa arall yn gafal yn Goronwy 'runoedâfi 'run fath yn union, a bob mam arall yn pentra am 'i chywion am wn i.

Mi fygodd Norman – yn union fatha hen berson yn tagu ar 'i fflem, ddysgis i wedyn.

O'n i'n gallu darllan arni bod ar Mam ddim ofn a doedd dim angen i fi fod ag ofn wedyn, nag oedd. 'Ty'd, gei di drio yfad rwbath 'ŵan, 'mach i…'

'Neith dŵr les i chi, Gwen.'

'Trïwch yfed chydig bach.'

Y foliog a'r siarad babis, un bob ochr i'r gwely, fatha deuawd operatig.

'Braf ca'l g'lychu'ch gwefusa, dydi cariad?'

G'lychu gwefus, Wil, dyna i gyd.

~

Ddudodd y foliog fod 'y ferch' wedi ffonio, gofyn sut ydw i. Susan ddudodd hi, a Susan ydi hi yn Llundan mwn, a be haru fi'n galw dynes sy'n drigain yn Siwan be bynnag? Ond mi gafodd 'i geni'n ganol oed, do, 'blaw mai fi sy'n cymell canoloedrwydd ynddi.

Ges i stori bore 'ma, gynna, ddoe. Dihangfa well na morffin. A fatha cosi annifyr na fedra i mo'i grafu, dwi'n ysu i wbod 'i diwedd hi.

Os alla i gofio'i dechra hi…

Dŵad i 'ngolchi i oeddan nhw, y siarad babis a'r ffedog staen – oedd wedi mynd, erbyn meddwl, achos mi oedd 'i ffedog hi'n lân. Bath yn gwely (bechod, ches i erioed wely yn bath, a cha i byth rŵan: un arall i'r rhestr chesierioed), llyfiad cath o olchad, a finna'n gwingo drwyddo fo, ac mi oedd y ddwy'n sownd yn 'u stori cyn 'y nghyrra'dd i, a mi ddalion nhw ati ar ôl 'y nghyrra'dd i, fatha taswn i'n anymwybodol.

Dwi'n cofio Siwan yn flwydd oed yn cau'i llygaid yn dynn, dynn er mwyn gneud 'i hun yn anweledig a finna'n chwara'r gêm yn cogio bach 'mod i methu'i gweld hi (yn y dyddia cyn iddi ddechra 'nghyhuddo i o fethu'i gweld hi). Amrywiad ar hynny oedd hyn: a finna'n methu siarad, mi gymron nhw, a nhwytha'n gwbod fel arall, 'mod i'n fyddar, do!

Neu ella bod y ddwy'm yn poeni be 'swn i'n glwad. Wrth bwy 'swn i'n deud, wedi'r cyfan?

(''Na strocen,' medda Wil Llanelli a finna 'di guro fo eto ar y cardia yn y *staff room*; tasa'r Headmaster yn gwbod, fysa'r ddau 'na ni 'di cael y sac. *Stroke* ddudodd y doctor wrth Siwan uwch 'y mhen i, ond Sais oedd o, ddim Wil Llanelli.)

Ond y stori –

'... *dim warning, jest mynd.*'

'*Bechod drosto fo, yn cael 'i adal efo'r hogan bach.*'

'*Sbosib na 'di hynna'n well...? Be os bysa hi wedi mynd â'r plentyn efo hi hefyd?*'

'*Ella 'swn i'n gallu gadal 'y ngŵr, ond 'swn i byth yn gallu gadal 'y mhlant.*'

'*Raid i ti gyfadda bod 'na fwy o sbarc yn y cariad 'na na sy yn 'i gŵr hi.*'

'*Ti'n deud bod o'n haeddu ca'l 'i adal?*'

'*Nadw siŵr, mond... wel, un bywyd 'dan ni'n ga'l.*'

'*Yn rysgol naethon nhw ddechra chwara o gwmpas, yn ôl be glywis i. Yn staff room ar ôl i'r lleill fynd adra. Un o'r clînyrs ddaeth o hyd iddyn nhw'n diwadd.*'

Maen nhw'n gosod y gynfas yn ôl drosta i, a'r flanced dylla, ac yn dechra cadw'r geriach golchi ar y troli.

'*Ma 'i siŵr o ddifaru, gei di weld.*'

Yn rysgol, rhwng y llyfra, ar ôl i bawb fynd adra. Ond

dim ond gciria oeddan nhw, Wil! Ddim byd mwy na geiria! A g'lychu mymryn ar wefusa.

〜

Ti'n cofio'r dechra un? Nag wyt siŵr, ddim y dechra un.

Hen betha musgrell oedd ar ôl yn coleg, y rhy hen i fynd i'w lladd a'r rhy wan i fynd i'w lladd; byth rhy ifanc, rhy gryf, rhy glyfar, rhy werthfawr i fynd i'w lladd, waeth pa mor ifanc a chryf a chlyfar a gwerthfawr. A finna fel rhyw Heledd da i ddim i neb yn darllan am ddynion â lleufer yn eu llygaid fil a hanner o flynyddoedd ynghynt a'r un mamau â dagrau ar eu hamrannau o 'nghwmpas i ar strydoedd Bangor. Ddim y rhai sy'n dysgu'r gwersi sy'n gafal yn y llyw.

Pan fydd haul yn disgleirio'n dwyllodrus, yn rhyfygus, ar gaeau mwdlyd rhyfel ac ar ddagra, ddim peth hardd ydi lleufer. Welis i ddeigr ar amrant Mati Williams wrth iddi gasglu petha Goronwy bach o'i digs yn College Road. Lleufer yn ei llygaid, a'i hing yn gwenu ohoni. Roedd 'i breichia'n drwm o'i ddillad o, a basgedaid o'i lyfra fo ar 'i braich wrth iddi 'nelu am y lle dal bysia i 'neud y siwrne'n ôl i'r topia a'r dillad yn wag o Goronwy. 'Nes i'm cynnig 'i helpu hi, er mai dod efo'n gilydd i'r coleg yn dre nath Goronwy a fi, a Mati a Mam yn 'u hetia, a balchder yn gneud iddyn nhw'u dwy fochio'n fawr yn 'u dillad y dwrnod hwnnw. Allwn i ddim mynd at Mati, y dwrnod arall hwnnw ar College Road, a hitha'n ddynes ddiarth, dena, grom yn 'i galar. Mi drois i 'nôl i gyfeiriad y coleg a gobeithio nad oedd hi wedi 'ngweld hi. Hen beth rhad o'n i, Wil, sgin ti'm syniad mor rhad.

Ond mi wyt ti'n cofio'r flwyddyn wedyn, pan ddoist ti 'nôl o Ffrainc a'r syna'n dy ben di'n cau gadal i ti setlo yn Llanelli efo dy deulu, efo dy wraig. Mi oedd raid i ti gael dod i fyny o'u ffordd nhw, toedd? Er duw a ŵyr be oeddat ti'n da ym Mangor, chwaith. Mynd ati i ddysgu sut oedd dysgu, yn fyfyriwr aeddfed. O ffordd bob dim oedd yn arfar bod yn normal i ti cyn i ti fod yn Ffrainc.

A sgyrtio peryg eto 'nest ti, dojo'r bwlets, gwahodd y fflama, ty'd-o'na-'ta dy fysidd di'n cyrlio'u gwahoddiad arna i. Fflangella fi fathag oedd i fod i ddigwydd i fi yn Ffrainc, medda ti heb 'i ddeud o, chwara efo 'nhân i, Gwen, dwi'm yn haeddu gwraig a dwy o ferchaid bach yn y De, ty'd, Gwen, gei di rwygo 'myd i, chwalu 'mywyd i, ti 'di'r fwled a f'enw arni, medda ti heb 'i ddeud o.

A fuo bron i mi feddwl, dduw mawr ma bywyd mor rhad, mor fyr ond…

'Tasa dy dad yn fyw fysa fo wrth 'i fodd,' medda Mam wrth afa'l yndda fi'n dynn nes bygwth dymchwel 'i het hi, a finna'n neud y syna iawn er nad oedd Dad yn golygu fawr o ddim i fi a finna erioed 'di nabod o, a gweld Goronwy'n gwenu arna i'n cael 'y ngwasgu'n fyw gin Mam, a finna'n gwenu 'nôl arno fo pan afaelodd Mati ynddo fo a deud rwbath yn debyg wrtho fo, ond mai yn chwaral oedd 'i dad o ddim yn 'i fedd, ond rwbath tebyg oedd y sentiment a ninna â choleg yn gorwedd o'n blaena ni fatha tair blynedd o winllan.

Cyn pen y flwyddyn, mi oedd Goronwy wedi mynd o Fangor i'r awyr rwla drosd Ffrainc lle glaniodd o'n faluria, ac o fanno i nunlla arall byth.

O leia mi ddoist ti o 'no, Wil. Mi nath O hynny i ti, os na nath O i Goronwy. A dwi'n cofio meddwl be oedd 'di wylltio Fo cymaint ganrif ddwetha nes iddo Fo hawlio cymaint o ddynion ifinc yn ôl bron cyn gynted â'u rhoi nhw, meddwl be nath iddo Fo golli'i ben yn llwyr efo cymaint o bobol, a'n gadal ni, Wil?

⌒

Ti ddysgodd fi sut i ddreifio. Cofio? Llanddwyn? Un nos Wener ddiwedd mis Mehefin. Mi 'nest ti adal i fi ista'n sedd y gyrrwr a symud y car drwy 'nhraed fy hun, a'i lywio fo â 'nwylo fy hun. Haaaaaaaaa! Wil! Wil! Wil! Yli be dwi'n neud. Mi wyt ti'n gwenu'n llydan, yn hunanfodlon, yn dwyt, am i chdi lwyddo i gymell 'y nghyffro i.

Ti ddysgodd fi sut i garu hefyd, cofia. Ar draeth Llanddwyn, yn y twyni, ugain troedfedd oddi wrth y car, a'r tywod yn mowldio'n wely o dan 'y nghefn i. Yn y coed wrth raeadr Aber, a'r haul drwy'r dail yn cnesu chdiafi. Dan fantell noson ola leuad wrth Lyn Cwellyn...

Fysa chdi'm yn cofio. Fi nath i ni garu, ti'n gweld. Mi o'n i wedi gneud i ti 'ngharu i, wedi paentio'r cyfan yn 'y mhen, wedi teimlo dy fysidd di arna i a dy dafod di... ella 'mod i'n gwbod bryd hynny, ymhell cyn iddo fo ddigwydd, mai gwadnu hi 'nôl am dy deulu a'r byd go iawn fysat ti munud fysat ti'n gorffen dy gwrs ag oedd raid i mi greu'n caru ni yn 'y mhen felly, toedd, a finna byth yn mynd i gael o go iawn, byth gen ti.

Fedra Tom ar noson ein priodas ni byth â gwadu 'mhurdeb i. 'Y mhen i oedd wedi bod yn rhwla arall a fedra fo ddim gweld i mewn i hwnnw. Ddim y bysa fo wedi bod lawar callach taswn i ddim yn bur, cofia, ddim heb iddo fo estyn 'i sbectol a sbio fyny 'na'i hun i gael tystiolaeth empirig, fath ag oedd o bob dydd yn 'i waith yn y coleg. Wiw i ramant fygwth llenwi ei wyddoniaeth o â chynyrfiadau na allai o mo'u hesbonio. Rwbath felly oedd 'i garu fo, gweithred beirianyddol oedd yn ddieithr iddo braidd, nes mynd yn ddychryn ynddo. Ofn yr anwybod – tynged y gwyddonydd lawn cymaint â'r twpaf o blant dynion.

Pam fod angylion a gwyryfon bob amser yn gwisgo gwyn? Gas gen i wyn. Well gen i liw gwaed, lliw byw, lliw Wil a fi.

'*Ma'i siŵr o ddifaru, gei di weld,*' medda'r ffedog staen wrth y siarad babis.

Mond g'lychu gwefus, Wil.

～

Prysur yn Llundan mae hi, ac yn Susan bellach, siŵr. Ma'i siŵr o ddod Pan.

Prysur o'n inna hefyd, am ddegawda, a rw 'hisht 'ŵan' fuo'i phlentyndod hi. Un fach ufudd oedd hi, 'fyd. Sbectolog ufudd. Raid bod gynni lais yn ifanc, ond fedra i'm yn 'y myw â'i gofio fo. Dwi'n cofio'r un sy gynni rŵan, nenwedig drosd y ffôn, adag episodau salwch Tom.

Mi fysa'n dda gen i'i gweld hi cyn Pan.

Mi oedd Wil yn gallu rhoid 'i ddwylo am 'y ngarddyrna i nes bod 'i fawd o'n croesi drosd 'i fys canol o.

Sut ffendion ni hynny…?

Mi fysa Wil yn gant a dwy.

Hisht 'ŵan, Gwen fach. Hisht, blant. Ymwybod cydwybod – lle bo un, mae'r llall.

Fel 'na mae hi.

～

'Mae O'n gweld,' medda Mam ar ôl i fi guddiad y swllt o'n i 'di dod o hyd iddo fo wrth y bwced glo yn 'yn llaw tu ôl 'y nghefn. 'Dangos be sgin ti.'

A finna'n gneud a cholli'r swllt, ond mi gei di dy wobr am fod yn onest medda Mam, pryd medda fi, yn y byd a ddaw medda Mam fatha chwara gêm.

Ond doedd hi'm yn gêm i Mam. A raid bod hi'm yn gêm i minna chwaith, achos pan ddaeth hi'n ddewis go iawn, mi gofis i'r byd a ddaw, neu fersiwn ohono fo, do.

'Golch fy meia oll yn lân,' cana Mam, a finna'n golchi golchi, a be sy'n rhyfadd ydi bod bobol ifinc heddiw'n cael 'u magu i fethu godda hogla'u chwys 'u hunain, ac eto ac eto tydan nhw'm yn meddwl ddwywaith am hogla pechod.

Dwi'n swnio fatha Mam i mi'n hun.

Dwi'n 'i chofio hi rownd ril dyddia hyn. Mae ei hwyneb hi'n ôl efo fi. Dyna maen nhw'n ddeud 'de, mai isio Mam 'dan ni i gyd yn y diwedd, ar y diwedd, mai wyneba'n mama ni sy yno i'n croesawu ni i'r ochr arall.

Fydd hi yno…? I ddeud wrtha fi 'i fod O wedi gweld na 'nes i'm byd ond g'lychu gwefusa…?

Dona eis requi—

'Ar ôl tri 'ta, ata i…'

Sna'm llonydd i ga'l!

Mae un o'r bolia glas yn rhoi'i breichia o dan 'y ngheseilia a mae 'na bâr arall o ddwylo'r ochr draw'n ceisio 'nhynnu i'r cyfeiriad hwnnw hefyd yr un pryd. Tynnwch fi'n ddau hanner, bobol, chymer hi ddim llawar. Mae staen ar wisg y bol glas chwith. Ond ddim hon 'di'r nyrs staen chwaith. Staen gwahanol ydi o. Jest i'r chwith o'r sip, o dan ei bron dde. Uwchben y *gall bladder.* Ydi hi'n gwbod? Fedra i deimlo'r llall yn codi'r garthen oddi ar fy hanner isa i archwilio'r beipen sy'n cario fy mhi-pi ohona i. I be mae isio rhoi dŵr i mewn mond iddo fo gael dod allan pen arall?

'Well 'wan i chi, Gwen.'

'Swn inna 'di medru bod yn ddoctor. Taswn i 'di gohirio pr'odi Tom, neu 'di gwrthod 'i br'odi fo, ond dyna fo, mi oedd Mam 'di gwirioni toedd ac i be 'swn i'n sbwylio hynny? Taswn i 'di gohirio cael Siwan, a 'di peidio mynd i ddysgu, ond 'di dilyn cwrs doethuriaeth. Doctor Davies fyswn i. Fel'na. Neu Doctor Morris os fyswn i 'di pr'odi Tom 'run fath. Fysa 'na ddau ddoeth yn tŷ ni os fyswn i wedi gneud, ac ella bod dau'n ormod.

A be fyswn i haws rŵan? Dowch, Doctor Morris, dowch i

fi'ch bwydo chi â llwy, trên bach yn nesu, yn nesu at y ste-sion...
dyna fo, i ti gael tyfu'n hogan fawr.

Ond ddim bwyd babi sy'n caenu 'ngwddw i, stwff o'r tu
mewn i mi ydi o, leinin 'yn sgyfaint i. Gas gin i fo.

Dyna fydd. Fatha Norman, boddi yn 'yn fflem am 'y mod i'n
rhy wan i'w beswch o. (Diolchwch am eich peswch, bobol – dyna
sy'n eich cadw chi'n fyw!)

Ac am unwaith, daw un ohonyn nhw yma'n syth, fatha tasa
hi 'di clwad y rhuglo ar 'yn anadl i.

'Be am ychydig o'r dŵr 'ma, 'nghariad i?'

Mi neith llyncu glirio peth o'r fflem. Dwi'n agor mymryn
ar 'y ngheg i ddangos 'mod i isio, ac mae hi'n rhoi'r gwelltyn i
mewn i mi sugno.

Tafell denau o gysur.

⟡

Roedd o wrthi'n sychu tywod Llanddwyn oddi ar ochra'r car ar
ôl iddo fo fod yn dangos i mi sut i yrru.

'Diolch, Wil,' meddwn i, a dim ond rhyw hanner troi i fynd
yn y gobaith y dôi yn ôl efo fi i'r digs.

Nath o ddim codi ei ben. Fatha tasa fo'n ymladd tu mewn â
rhywbeth.

'Dim problem,' meddai.

'Fysat ti'n licio...?' dechreuais a phob dim hyfryd yn y byd i
gyd yn hongian wrth ddiwedd y frawddeg.

''Se well i fi fynd,' meddai, yn dal i fethu edrych arna i, fatha
taswn i'r slwt futraf dan haul, fatha tasa fo'n gwbod yn iawn am
y meddylia roeddwn i wedi dechra'u cael amdano fo, fatha tasa
fo ar amrantiad wedi dod at ei goed a phenderfynu'i bod hi'n
bryd iddo fo, o'r diwedd, stopio chwara efo hangrynêds. 'I fi ga'l
cyrradd gatre at Dora cyn bod hi'n rhy hwyr.'

A doedd hi ddim yn rhy hwyr i 'Dora'.

Mi ddechreuodd Tom regi pan oedd o'n wyth deg tair. Deud geiria am betha nad oedd geiria iddyn nhw o'r blaen. Rhanna ohonan ni, y ddau ohonan ni, nad oeddan ni erioed wedi'u henwi'n llafar: 'u cyffwrdd nhw, do, a gwbod amdanyn nhw, ond heb erioed 'u deud nhw. Ella bysa Wil wedi deud y geiria.

'Cont! Cont! Cont!' gwaeddodd Tom ar Eglwys Gadeiriol Bangor a dwsinau o siopwyr Dolig yn sefyll yn syfrdan wrth weld yr hen ŵr trwsiadus yn gweiddi'r fath reg ar y gysegrfan.

O'n i wedi mentro ag o allan am dro rhag iddo grwydro'i hun, gan ddal 'i law o fatha tasan ni'n fyfyrwyr ifinc, er na nath o a fi hynny erioed pan oeddan ni'n fyfyrwyr.

'Mae'n iawn,' medda fi i geisio osgoi cysur gan rw wraig ganol oed oedd yn amlwg wedi deall, er mwyn cael ei gwared hi a phawb arall ac anelu'n ôl i'r tŷ at y teledu diogel. 'Dwi'n gwbod be i neud.'

Ond roedd hi'n dal yno, yn bla o 'nghwmpas i a Tom. 'Liciech chi i fi ddod efo chi? Mi oedd 'y nhad yr un fath, wchi...'

Na na na na! Dos o 'ma! Dwi'm isio dy help di! Doedd dy dad di ddim byd tebyg i Tom, mi fentra i gymaint â hynny! Doedd dy dad di ddim yn arbenigwr ar feicroelectroneg, yn ddoethur mewn ffiseg, doedd dy dad di ddim cystal dyn â hwn er gwaetha bob math o fylcha a gwendida yn ei wraig o!

Cydwybodymwybod.

Mi drodd Tom yn rhywun arall, troi'n neb, a galw 'cont' ar Eglwys Gadeiriol Bangor achos mai dyna oedd hi yn y bôn, hen gont fawr gelwyddog.

Mi fynnodd Siwan 'i fod o'n mynd i gartref, rhag dwyn mwy o gywilydd – er nad oedd hi'n byw o fewn dau gan milltir i'r cywilydd. Es i ddim i ddadlau. Mi aeth Tom i gartref i gael bod yn union yr un fath â phob un o'r lleill, a fel pe na bai o wedi bod erioed.

Dwinna'n rhegi ers y strôc, ond does 'na neb yn 'y nghlwad i. Lwcus ella.

'*Now then, Gwynne, how are we today?*'

I don't know how the fuck you are, Eustace, but I'm fed up to the bloody back teeth with being like this.

∽

Driodd Wil gael 'i ffordd efo fi, a mi oedd Wil yn demtasiwn, wastad wedi bod, ers Llanddwyn a wedyn, a'i wallt du, du a'i gorff cyhyrog o, a'r dwylo fatha rhofia fysa wedi 'nghadw i'n ddiogel ac yn hapus am byth bythoedd.

Ond mi oedd Siwan yn fach adra erbyn hynny, erbyn iddo fo ddangos go iawn fod gynno fo ddiddordeb wedi'r cyfan.

Yn llyfrgell yr ysgol – 'ta stafall y staff? – y gwelis i na ddim dim ond fi oedd yn teimlo petha yn 'i gwmni fo, 'i fod yntau hefyd… ac unwaith, unwaith yn y llyfrgell – 'ta stafall y staff? – rhwng rhesi tywyll o fywyda cyffrous pobol erill, mi redodd 'i law i lawr fy moch wrth ddeud wrtha i fod Tom yn ddyn lwcus

gadal bwlch i fi ddeud

ddeud be?

a fentrodd o ddim pellach na 'Ma Tom yn ddyn lwcus', damia fo. Damia damia fo. Ac er 'mod i 'di gneud i'n hun gredu'r holl flynyddoedd i ni neud hynny, naethon ni ddim hyd yn oed g'lychu gwefusa

neu mi naethon

a naethon ni ddim mwy na hynny, mond g'lychu gwefusa.

Mi fysa'n dda gen i gofio os gnaethon ni 'ta naethon ni ddim ac os mai fi nath neud i ni g'lychu nhw fatha'r caru oedd wedi digwydd yn 'y mhen i.

Be sy'n digwydd yn 'y mhen i? Mi 'sa'n dda gen i wbod y gwir, ac eto, eto pa ots be, 'run fath 'di'r cyfan, gwir ac anwir, does 'na

neb ar ôl i gofio, be dwi haws â gwbod, ga i unrw hanas dwi isio,
be 'dio bwys?

Ond mi fysa'n dda gen i wbod 'run fath.

A mi fysa'n dda gen i fod yn frechdan, yn llenwad brechdan
gynfasa – un dana i, un drosta i fel hyn – a bod dwy dafell y
gynfas yn bowlio efo aer nes troi'n ddwy falŵn, un dana i, un
drosta i, i 'nghario i ar adain y gwynt drwy'r to uwch fy mhen
sy'n agor ar fy nghyfer, allan i'r awyr, i fyny drwy'r atmosffer
i'r stratosffer ac allan, allan wedyn i'r llonyddwch mawr yn ôl.
Dyna fel dylian ni gael mynd, pe bai 'na

Dona eis requiem.

∽

Dwi'n 'i theimlo hi yma efo fi, fath ag ar y cychwyn. Dwi'n siŵr
mai dyna oedd y sŵn crafu 'na, sŵn crafu ei chadair hi'n nesu
ata i, 'ta sŵn anadlu oedd o, crafu gwddw? 'Ngwddw i?

A dwi'n 'i chlwad hi'n anadlu o fewn modfeddi. Unrw eiliad
rŵan, mi fydd hi'n fy nghodi i yn 'i breichia ac yn rhoi swsys
gwlyb ar hyd 'y mocha i.

Mi fydd hi'n mwytho 'ngwallt bach tenau i, ac yn codi
'ngwynab i fel 'mod i'n anadlu hogla'i gwddw hi, o dan 'i chlustia
hi, reit wrth ymyl 'i hanadlu hi, a'i llaw hi ar 'y nghefn i'n 'y
nghadw i'n ddiogel rhag y byw 'ma sy'n farw i gyd.

Mi fydda i'n gweld pob un o fy forya i drosd bont 'i hysgwydd
hi.

A rŵan dwi'n cofio 'mod i'n boddi.

∽

'Coda'r gwely, i gael gweld os llacith hynny rywfaint ar 'i brest hi.'

'Ma 'i bron ar 'i hista'n barod. Pasia tissue…'

Lle aeth hi?

''Na fo, 'nghariad i, dowch â'r hen ach i gyd allan, gewch chi'r
ocsijen masg wedyn.'

Oedd hi yma, yn ista efo fi, wedi 'nghodi i i'w breichia
fydd isio golchi'r masg 'na sna neb isio baw
entropi alwodd Tom o cyn iddo fo anghofio
rhyfadd fel 'dan ni'n arfar byw hefo'n breuddwydion
'se well fi fynd gatre medda Wil
'sa well iddo fo fynd i gartra medda Siwan
Cant a dwy! Lacrimosa!
rwbath bach i 'lychu gwefus
difaru nei di medda Mam
DIES IRAE! DIES IRAE!
'Fysa'm yn well i ni ffonio'r ferch?'
y ferch?
ond *fi* ydi'r ferch

ഗ

Mond g'lychu gwefusa…

Ond fuo bron i mi doddi yn y fan a'r lle. Roedd Mrs Richards
Tŷ'r Ysgol yn dystio'n rhwla yn yr adeilad. Roedd 'i ddwy law o'n
fframio un bob ochr i 'ngwynab i a'i lygaid tywyll dwfn o'n torri
twll drwadd i'r man dyfna tu mewn i mi.

'Ma Tom yn ddyn lwcus,' medda fo.

'Yndi, mae o,' medda fi'n drist ond yn trio bod yn ysgafn 'run
pryd.

'Be nawn ni?' medda fo wedyn, rw sibrwd gofyn, gwahanol
iawn i ofyn 'ta *rummy* 'ta *whist* o'n i ffansi tro yma. 'Nes i'm
gneud dim byd ond sbio arno fo, rhwng 'i ddwylo fo, fatha
testun gweddi.

Roedd o wedi tynnu'i ddwylo pan ddoth Mrs Richards i
mewn a'i dystar yn 'i llaw, a stopio'n euog efo'i 'Wps, sori' cyn

mynd yn ôl allan, a Wil ar 'i hôl hi, 'Na, na, mae'n iawn, dowch i mewn', a dyn a ŵyr be oedd hi'n feddwl ond dydi o ddiawch o bwys.

Ond mynd ddaru hi, a deud 'sa hi'n gneud stafall yr Headmaster gynta i ni gael hel ein llyfra a ballu...

A ballu.

Ista nath Wil. Yn drwm. A throi'i het yn 'i ddwylo, 'i byseddu hi, fatha tasa 'na ateb yn gudd yn 'i chantel hi. Mi ddechreuis inna stwffio llyfra i'r *briefcase* oedd Tom wedi gofalu'i gael i mi wrth i mi ddechra yn Sant Deiniol.

Sgwennu llythyr i ofyn am drefnu 'pwynts' nath Tom, fatha rwbath o Oes Fictoria.

Mi oedd Mam yn sbio drosd 'yn ysgwydd i, yn llawn o syna annog.

'Parchus 'dio,' medda fi, ddim yn siŵr o gwbwl.

'Da 'di parchus,' medda Mam. 'Neith parchus byth dro gwael efo chdi.'

Parchus fuo fo wedyn, 'na'r drwg. Parchus ar noson y br'odas, bron fatha tasa fo'n cynnal arbrawf. Dyna oedd o, wrth gwrs, achos doedd o erioed 'di neud o o'r blaen, na finna, ac arbrofi oeddan ni. Arbrawf oedd Siwan 'de. Gweld be 'sa'n digwydd os rhoen ni hwn fan hyn a hon fan acw...

Wedyn, mi nath yn siŵr fod Siwan yn cael bob dim oedd 'i angen arni i oroesi, fathag oedd pob dim yn 'i arbrofion o yn y coleg yn cael bob dim oedd angen arnyn nhw i weithio fel dylan nhw. A mi weithiodd Siwan, am wn i.

Ac o'n inna'n gweithio, yn gneud fel o'n i fod i neud. Pob dim yn 'i le, bob dim yn tician fel watsh. A prin sylwis i bo fi a Wil Llanddwyn 'di cael gwaith yn yr un ysgol, a'i fod o 'di dŵad â'i wraig a'i ddwy ferch i fyny i Lanfairfechan i fyw. Wel, do mi sylwis, a mi gofis, a mi ddechreuodd 'na bilipala bach hedfan tu fewn i fi wrth fynd i'r gwaith, mond i ddisgyn i gysgu bob nos wrth 'mod i'n cyrradd adra at Tom a Siwan. Ond oedd petha'n dal i dician tu allan, fatha watsh, a doedd 'na'm affliw o bwys be oedd yn digwydd tu mewn.

Tan i'r tu mewn ddod allan ar 'yn gwefusa ni'n dau yn y *staff room*.

(Ia'r *staff room* oedd hi, ond mi oedd 'na lwyth o lyfra yna, a Doris Richards Tŷ'r Ysgol yn dystio rwla allan o'n golwg ni, a ninna allan o'i golwg hitha gobeithio.)

Tan hyn. Tan y g'lychu gwefusa.

'Be nawn ni?' holodd o wedyn, a nath o 'mo'i gadal hi ar hynny. Roedd o fel'sa fo 'di anghofio bob dim am Doris Richards, yn rhwla'n hofran, yn gwitsiad i ni orffan be bynnag oeddan ni wrthi'n gorffan, a finna'n ysu iddo fo fod ond yn ddechra.

Cusana fi, Wil. Eto, fatha'r tro cynta. Todda fi'n llwyr. Anghofia'r cwestiyna, does 'na'm ond isio rŵan, a phob rŵan sy'n dilyn heb 'wedyn' yn bod. Fama, rŵan, ti a fi.

Ond roedd o'n syllu arna i, ac yn troi'i het rhwng 'i fysidd. Y llygaid 'na... dawnsio fysan nhw'n gneud fel arfar, ond toeddan nhw'm yn dawnsio rŵan.

Dyna welis i gynta, 'i lygaid o. Llygaid lliw grefi cynnes yn golchi drosta i. Rheiny nath 'y nenu i i Landdwyn am wers yrru. Dyna nath i fi ddychmygu be fysa caru efo fo. Dyna oedd y drwg, 'i lygaid o. Mi ddaethon nhw 'nôl o Ffrainc yn llawn, llawn o be bynnag welodd o yno, ac rown i isio fo, isio'i warchod o rhag be bynnag ddaeth yn ôl o Ffrainc efo fo, 'i wella fo, i gael fy ngwella ganddo fo. A doedd dim byd arall yn bod. Dim Siwan, dim byd o'r hen fi oedd wedi suddo i drefn ddyddiol yn oes oesoedd amen, dim Tom.

Ond roedd Tom yn bod, yn doedd, fathag oedd o, adra'n ddiniwed braf yn meddwl am 'i betha, a finna'n gyffyrddus yn fy lle fel oeddan ni 'di bod erioed, a dim o'i le, na, dim o'i le. A Siwan, roedd hitha hefyd, yn doedd, yn fwy diniwed byth saith, a chalon pa fam 'sa'n caledu i'r fath raddau nes chwalu'i chylch bach hi? A Mam wedyn, roedd honno hefyd, a fysa unrw wyro oddi ar y llwybr wedi'i lladd hi. Ac roedd Dora, yn doedd, roedd honno'n bod. A chroesodd o 'mo 'meddwl i na fysa hi'n gaead ar y cwbwl yn oes oesoedd amen. A rŵan...

'Fe adawa i hi,' medda fo, fatha tasa fo'n dilyn llwybr 'y meddylia i. "Na beth 'wy wedi bod ishe neud. Do'n ni ddim i fod, hi a fi... rhy ifanc...'

Oedd o 'di codi'r llygaid 'na i sbio arna i, i 'nghofleidio i gystal ag y galla unrw bâr o freichia'n y byd yn gyfan grwn. Ac mi oeddan nhw'n erfyn arna i, yn gaddo nefoedd i mi –

"Na beth 'wy moyn...' meddai, 'beth amdanot ti? 'Na beth wyt ti moyn?'

– nefoedd i esgymun, ond fyswn i wedi gallu cau'r lleill allan, geiria pobol, geiria TomSiwanMam, be 'di geiria'n diwadd? Fyswn i 'di dygymod yn rhwla yn y byd efo Wil, tasa raid i ni ddianc, a ma'n siŵr y bysa 'na, tydi merchaid ddim yn gadal 'u gwŷr ac yn bendant, dydan nhw'm yn gadal 'u plant, tasa hi wedi dod i hynny, ella na fysa hi, ella ella.

Ond mi fysan nhw wedi arfar – pobol 'lly. Hyd yn oed radag honno pan oedd parchus yn cyfri cymaint, mi fysa hyd yn oed Tom a Siwan wedi dod i arfar. Mi fysa 'na gyfnod, a wedyn mi fysa petha'n well, yn 'gosach at lle dylian nhw fod. Mi ddôi Siwan i ddysgu be 'di cariad go iawn, a bod y byd yn llawn o gamgymeriada mbwys be – ffeirio un set o gamgymeriada am un arall ydi pob llwybr 'dan ni'n ddewis – mai matar o drio neud y gora 'n hunain ydi bob dim yn y diwedd eitha un. A mond drwy neud y gora 'n hunain y down ni drwyddi yn y pen draw i neud y gora i'r lleill. Un bywyd a hynna. Mi fysa Tom wedi symud yn ei flaen i arbrawf arall, a mi fysa fo a fi wedi gweld heibio i hen dafoda pobol yn lle 'ma. Prin bod o'n sylwi ar hen glecs be bynnag. Cyfnod, a wedyn arfar, ac anghofio camgymeriada'n diwedd, mond cadw'r petha da.

Mi fyswn i 'di cymyd y clecs, wedi'u cofleidio nhw hyd yn oed, fatha bathodyn ar ein cariad ni. Roedd ei lygaid o'n gaddo cymaint, ac yn cynnig llawar mwy na'r oll 'swn i'n golli. Ynddyn nhw, fedrwn i weld caea o floda'n estyn at y gorwel ac awyr las, las ddiderfyn, a'r cyfan oedd gin i i neud oedd deud 'Ia!'

∽

cyn hir 'ŵan
cymaint o wyneba'n mynd yn un â'i gilydd
ac un yn glir, glir
yn diferu tuag ynof